投影為風景的再生樹

梅新紀念文集續編

1960年代初，詩人與畫家們同遊，坐者左起：秦松、李錫奇、張拓蕪，立者左起：楚戈、梅新、羅行、古月、羅行夫人、商禽、王渝、辛鬱。

1976年，十位詩人受許世旭邀約訪韓，左起：羅門、張默、洛夫、羊令野、梅新、菩提、辛鬱、楚戈、商禽、方心豫。

1989年7月28日，攝於梅新寓所，左起：梅新、商禽、熊秉明、林亨泰、零雨。

1985年6月15日，攝於林泠母親台北寓所，左起：羅行、瘂弦、林泠、梅新、葉步榮。

1992年6月，現代詩社版「年度詩選」編委雅集，攝於梅新寓所，左起：向明、張默、辛鬱、瘂弦、商禽、梅新。（翻攝自張默《夢從樺樹上跌下來》）

1994年4月攝於餐廳，左起：梅新、段彩華、朱西甯、司馬中原。

1993年《現代詩》聚會，左起：管管、零雨、楊煉、鴻鴻、梅新。

1995年10月16日，攝於巴黎近郊香堤伊堡，左起：梅新、白先勇、鄭愁予。

1993年5月在上海，梅新（左）拜訪白樺合影。

1996年6月，「百年來中國文學學術研討會」兩岸學者作家合影。前排左起：夏曉虹、葉文玲、齊邦媛、嚴歌苓、奚密、吳祖光、貢敏、高行健；立者左起：沙葉新、尉天驄、譚楷、康正果、李澤厚、姜雲生、謝冕、汪毅、陳平原、顧曉鳴、何啟治、劉登翰、古華、黃子平、許子東、＊、北島、林崗、張賢亮、莊信正、梅新、柯慶明、唐盼盼。

梅新（左）與李天祿。

《中央日報・副刊》同仁合影，右起：吳知惠、張堂錡、林黛嫚、史玉琪、魏芬、吳月蕙、梅新、羅莉玲，最左邊是胡影萍。

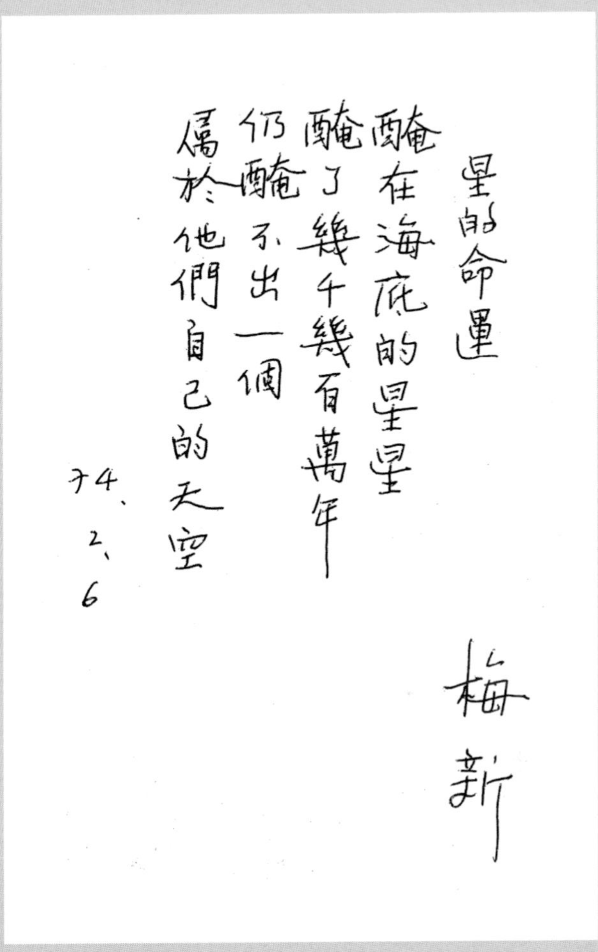

星的命運

醃在海底的星星
醃了幾千幾百萬年
仍醃不出一個
屬於他們自己的天空

74、2、6

梅新

梅新改寫的詩作手稿。

以文會友

海內存知己　天涯若比鄰

梅新

我的第一首詩，發表在「現代詩」，我用的筆名是「經緯」二字。地球不是有經緯度嗎，看我當時是多麼的雄心壯志，多麼的年少幼稚。

就這麼一點因緣，我對「現代詩」有一層很深的情感。這也就是「現代詩」停刊十八年後，我还要將它復刊的原因。籌備之初，亦有人主張另起炉灶，理由是，「現代詩」已停刊多年，年輕一代不見得知道有這份刊物。但討論結果，大家覺得还是應該復刊「現代詩」。因為大家對它都有一份很深的情感，不復刊，还是会懷念它。

第一次籌備会議，是在我家開的。時間是七十年六月十二日下午，大概是詩人節的前一兩天。地點是台北市景華

1 頁

中央日報 敬贈

25×12=300

梅新〈「現代詩」復刊緣起〉手稿第一頁，刊於《現代詩》復刊第20期。

序

重溫那個熱誠努力的年代

十年茫茫，幾番風雨，轉瞬二十年竟在彈指間流逝。

初時也曾惶惶不可終日，朝不保夕，虧得有書，有工作，有孩子，有親朋好友，我一路平順地走過來了。跟喜歡工作的他說，看，我的辰光也算不曾虛耗。他那邊，同溫層的仙班，好友知交又去了好幾位，加上早時的覃子豪、羊令野，他們諒必談詩論文，偶爾發發牢騷，相當熱鬧。但「斯人獨憔悴」，我怎麼覺著他似乎有點兒憂鬱，有點兒寂寥？

年復一年，今年又是個大隘口。年關前後，心慌情怯，我突發念想，要不要再為他做點什麼事？我不是一貫也總愛「無事忙」嗎？做什麼好呢？再度復刊《現代詩》已不可能；或者，做個紀念文集續編，多年來不是早已陸續蒐集了一些珍貴的詩文？當年一本詩集、一本詩話、一本紀念文集同時出版，做為追思，多麼美好。紀念文集《他站成一株永恆的梅》五十篇出自文壇一時的菁英俊彥，本書將篇目收錄於後，目的在連結既往，繫念情誼。

續編分列四輯：詩悼、寄懷、因緣、志事，依體裁、內容及時間先後排序。三十八位作者、四十九篇精采的詩文之外，為了呈現梅新許多詩與編輯的理念及實踐梗概，我將他幾篇相關文章編入；自己更積極翻檢書報，寫了不少報導文字。或許我有些多事，但不妨看看：在一九八三、八四、八五年，梅新主編的《現代詩》復刊初期五冊，曾刊出三次詩人作品討論會的紀錄，那是：黃荷生《觸覺生活》、《林亨泰詩集》、白萩詩集《詩廣場》，正巧都是本土作家。在那個還未特別標舉本土主體性的年代，令人敬服文學果真無界域。這麼多的篇章，跨度三十年，雪泥鴻爪，讓我們重新檢視那個多少文人熱力散發、真誠努力的美好年代。

感謝諸位文友慨然允諾將作品彙編入《投影為風景的再生樹》，有幾位居然是二十年失聯而重新通訊、通話，既恍惚又興奮。也感謝文訊雜誌社德屏總編、秀卿副總編，在編務繁忙中，承接出版事宜。眾位的深情厚愛，素貞衷心銘感。

張素貞

二〇一七年八月二十七日於台北古亭

目次

輯二　寄懷

輯三　因緣

輯四 志事

輯一 詩悼

詩釣與海戍

——寫在新紀元之前給我們集體的童年

◆林泠

那一年的灼熱是窒息的。
　　　　　　　（雲落
降斑駁於枝柯，使之縱裂為紋身）
哥兒們
我互生異體的兄弟
沿著海茄冬的古徑尋覓
那久遠以前，遺失在襁褓中的休憩。
在落地松磨平的根突之下
是廢圮的，前半世紀的圍場；
小葉桑的雄花踩碎

我們集體囹圄的

童年。 而那是黃昏的時分
我要的，是不能說的，且都在遠處。
冰果鋪外徊徉的女子，紅唇又短裙的
在薄霧中凝成一扇待啟的門。
我悄悄吸進
菸草和脂粉的濃氤，而揣想
一些虛設的危險，不可思議的
邂合；呼哮騰躍
星爆似地跨越
一切的軌跡和樊籬——卻終於止步
在水邊，望著相擁的船舶
悄聲地掙脫自己的舷索。

遠望自水上，這小鎮疑似是幻象；蹲伏
在艙尾，我窺見陸地與陸地的

相持，卻又相依……終於相依
炊煙似的隱入遠水的幽微。
是了
就是那時辰：我生命的長線
從一時空未定的據點
拋出——不容置疑的回訊：
一種扭曲
昇騰的墜落，漸深漸厲的
痙攣。我的指掌彎曲
如鈎的攫取，卻不能分辨
這是擁有或被擁有的喜悅；
閃爍的鱗片
不規則的字行
終於被誘出，我底佈滿了憂患的水面。
而它在我手中——跳突，竄離
是我不熟悉的
另一種掙扎：生的存在的

不欲

後記：這首詩初寫於一九九七年十一月一日。那天，我們送梅新回歸金山，路過舊港石門，便不期然憶起我們集體的童年。謹以此詩贈給梅新，以及他舊時的戰伴們。

——原刊於《中國時報》人間副刊，一九九八年二月二十五日
收錄於商禽、焦桐主編《八十七年詩選》，創世紀詩雜誌社，一九九九年六月
《在植物與幽靈之間》，洪範書店，二○○三年一月

編按：引詩據《在植物與幽靈之間》。

歲末詩抄

——懷遠行的友人

◆辛鬱

辭歲

聽說那座遠山的頂峰
白得令人目茫
你已經到了山頂
不必再唱
稻穗黃透或菓子香熟的
歌　而我在編一則故事
那開頭說
因為桂花落滿了髮際
秋色不見了
我知道　你還得再往上

爬升　而一年將盡
在我弱視的眼裡
你的身影已化為
一陣陣刺骨的思念

尋人

是誰　在生命內裡
尋找
死亡之源　用一首
沒有字眼的
詩　失去影子
也失去聲息
他沒入　一片詩的芬芳裡
這時候　詩在
　　悄悄出走的　是
人

——原刊於《中央日報》副刊，一九九八年一月十二日

他站成一株永恆的梅

——紀念梅新先生百日

◆羅任玲

我從來不知
秋天也有雪
在危顫的枝頭
釋放死的消息
那是前所未有
冷極的秋
將一輪落日鞭撻

成眼淚的形狀
懸著
將落不　落
我是許久許久以前
就經過了
那株梅的身旁
卻從來不知
迎著時間而站立的
竟是永恆

——原刊於《創世紀詩雜誌》一一四期，一九九八年三月
收錄於商禽、焦桐主編《八十七年詩選》，創世紀詩雜誌社，一九九九年六月

宇宙膨脹論
——悼詩人梅新

◆非馬

漆黑的天空上
一道美麗的光弧
一顆流星！
我們歡呼我們嘆息

但豪邁的詩人頭都不回
徑自御長風破巨浪
繼續他
夏天裡過海洋

胸懷中真歡暢
詩的飛行

——原刊於《中央日報》副刊，一九九八年十一月十二日

雪之祭奠（二首）

◆姜雲生

與詩人梅新為文字交忽忽十年矣！歲末年初互通電話時，他總會問：「你那邊可下雪了？」江南又飄雪了，而詩人已駕鶴西去……

十二月二十三日是詩人六十周歲冥誕，口占小詩兩首，以為祭奠。

好友！還會隔海問雪嚒？

依然在書房裡等你的電話。

一、

今晚
託個夢過海來

江南又飄雪了
（可是你約的？）

月色清冷
我們看雪去

讓月把雪妝成風景
讓雪把你妝成風景

二、

捏一個雪球
悵悵扔進水中
問雪人何處去了
任一團白色的思念
綠波裡沉浮

——原刊於《中央日報》副刊，一九九七年十二月二十三日

雪意

◆李郁蕙

你曾放哨於其上的榕樹
今天有群鳥在努力做黎明
——梅新詩句

一、

這島便這樣的飄浮，在地圖之外
另一個人起來描述著炊煙
而電話線顫慄著，可疑地
勾勒了十月的消息：冬天飄著雪
在諦聽的耳朵裡，彷彿飛鳥

已不堪飛翔中的負荷
向下抓緊了雪意。它哆嗦著
那美麗眼睛裡的陰影
今天又是誰在描摹？這反覆無常的
氣候，這片刻的猶豫——
一個人放鬆了身體，但黎明
像一個間諜，出賣生命的祕密

二、

「家」也許曾這樣喃喃自語，也許
一扇門輕輕關閉。落日
渲染的海峽，記憶是另一片沙灘
生命曾像鑰匙一樣奔走
尖銳、正直，絲絲入扣於
一個姓氏的榮譽：他曾活著
如此認真而樸素，生活就是勇氣
一個勇敢的人今天蒸發了

他將失去我們尊重的稱呼
同樣失去歲月的料峭：他永不再改變
假若有一日我們受到他的譴責
是因為他在，默默地見證著我們

他說：死去，再活過來
詩人們，經常如此。彷彿今天的缺席
就是一個承諾，他便以這承諾
復活我們內心的曠野

三、

而風吹過，林木舞蹈著
保持了風的悲哀——
再沒有人能夠認出他
這消融的，這凝固的，在我們中間
到處都是他的聲音

而風把他帶得更遠：像朗誦
尋找到那些有福的耳朵
他就像一座劇院敞開著
向我們重新走來

——原刊於《中央日報》副刊，一九九七年十二月二十六日

憂傷的記憶
退還給一個死者的名字

◆張士甫

獻給梅新
獻給他混沌又清明的靈魂

家鄉的女人抓不住你
熟悉透的柑橘樹也抓不住了
是什麼風抱起你向太平洋馳去
是什麼風那麼淒哀又慈和的風啊
吹向今夜的夢中
假如棕櫚再次召集沙漠和仙人掌

召集黃土高原討論太陽、極權主義和幼婦的魅力
當風信子搖擺著蔚藍的腰肢
向日葵蓬鬆著金色的腦袋
沒有主筆　誰來通知我呢
難道就聽憑意識迷亂於光明
詩教從八月滿溢出來
讓白晝白白地於人性尊嚴的領地久久徘徊

假如你不告訴我月光皎潔
來自詩人的憂愁詩人的骨灰
借助於誰的扶持我才能嚐出玉米的甜味
寂寞的糊味除了卜筮
陰陽草能告訴我氣候嗎
怎樣修道水槽在烈日曝曬之下
——不是為了今天詩人不在乎今天
只有未來貯存清純的水
在貧瘠的年代使物質世界卑陋的材料

驀然發散熠熠光輝
以莊重兄長的嘴
一再重複我永遠這找不到的夢寐

什麼時候啊我們再去杜老爺咖啡屋
在夏夜悶熱的懷抱裡
在蜥蜴和紅螞蟻的肚皮下面
再開裂一只友情的椰子
讓濃郁的芬芳薰陶記憶和幻想
我要以船長想念船的信念走入黑巷
預先在星光裡寫煙雲的字體
依仗著睡眠和社長捉迷藏

——原刊於《現代詩》復刊第三十・三十一期合刊，一九九七年十二月

我想聽見梅

——短短的詩，憶梅新老師

◆吳奇叡

重陽時，孩子們坐著或蹲著
雨虹沒來，秋草卻衰了一大半
詩人疑惑無人給孩子寫詩
他微笑並焚燒梅的從前
將年少的願望放在天上
像一只默默的風箏

——原刊於《中央日報》副刊，一九九八年十月八日

〈幽冥之歌〉九首之一

——譯獻給梅新老師的在天之靈

◆陳奐廷

（法國）阿蘭．波思給（Alain Bosquet, 1919-1998）

之一：單純的死亡

我喝我的咖啡，沒有嘀咕也沒有歡娛，
今天早晨，當我在我的報紙上讀到五行
宣布我死訊的文字。驚訝過去了，
我告訴自己說人們終於賦予我

不再成為任何人的權利。於是我覺得可以自由
去我聽見過的地方，愛我所邂逅的人，

擺脫一切倫理方面的顧慮去行動。其實，
對一個上了年紀的作家而言，知道他是「造作」

並不缺乏誘惑力。匿名之適合我
就像一塊奢華的裹屍布。而突然我想到：
為什麼星期一我不去參加我的葬禮呢？

花兒將是漂亮的。一位女演員將朗誦
我的一首詩作。我將對朋友們說
我非常高興能夠離開他們。

——原刊於《現代詩》復刊第三十・三十一期合刊，一九九七年十二月

手術檯的另度空間

——悼詩人梅新

◆陳本銘

誰都知道，手術檯的面積和棺材十分孿生。空間，不外是躺身上去就所剩無幾了，比一張單人床還要吝嗇。

當你被往前推，走廊上的一方方燈飾從鼻頭一一殞落在你生殖器的後端，那邊是張大了嘴的黑洞，等待將以前和現在的一切完全接收。你被停下來在升降機之前，按扭，把親人的臉色隔離，然後，升上去如攀另度空間。

其實手術檯是結了冰的一面海，預謀了走著走著就會下陷的結局，就會聽見湧動排擠而來的靜默，漿一樣黏吮著你。而且有一隻似乎的手硬把你往下拖，待你掙扎又稍後放鬆，最後，還是扯將下去。不著力的飄墜，浮游，經過冷冽的水層，漸次進入濕溫的渦道，四周有羶腥的氣味，從黑的黑裡散發開來。

我自自然然蜷曲起來，以生命最初的姿勢。

其實手術檯是女體子宮。一些蒙了表情的刺客下手一刀，在你身上陰暗沒刻生字的起首和死字的始筆。劃出一道回返的途徑，你便從生理的狀態返回精神的內層。沿著隧道一樣的水漩前探，追逐著漂浮明滅的光斑，失重於一面鏡的裡邊。我看見我自己，赤裸的泳者，在藻叢間往返浮游，有時張口喊叫，但是無聲。似乎也覺得我的存在，你向我游來，直至避無可避地面對，在你不斷擴張的瞳仁裡，我看到越來越清癯的自己。

髮開始無可抑止地生長，以及鬍子。最終你必得穿越另莽阻路的藻叢去飄泊或搜尋。

後記：這詩寫成在我手術後的第四日。十月十一日在家裡接到秀陶的電話說：梅新已在昨日過世了，心裡憮憮。記得三年前梅新二次來洛探女兒，大家聚在一起吃韓國烤肉，飲米酒、啤酒。打開詩的話匣子，談鋒如亂箭，四下漫飛，好不過癮！他和秀陶是老友，是香醇的米酒。我們卻是新交，是易拉罐中的異國風味的啤酒，無論怎樣多飲都一樣「HIGH」的。梅新曾提議說：這些日子退休下來，大家設法組團到越南去，在那邊的大學辦幾次詩朗誦和講座會。這是好主意，只是他走得過於倉促，而且去的地方又太遠了，除了悼念，一切不及。

一九九七年十月六日初稿
一九九七年十一月中旬定稿
——收錄於《溶入時間的滄海》，釀出版，二〇一二年十月

新樂府．詠梅新

◆古華

瀟灑梅總編，西遊十數年。
跨鶴上玉清，儒雅列仙班。
憶昔在民國，「中央」主副刊。
廣羅天下士，日月薦宏篇。
詩詞擔道義，歌賦壯河山。
毫兵百千萬，馳騁風雲間。
共和業未竟，豈可圖偏安。
乙亥余訪台，台北觀選戰。
梅新親導遊，相與逐笑顏。
中華脫魔咒，民主佑台灣。

憲政通大道，家國致安康。
囑余勤筆耕，諄諄似兄長。
著書錄興亡，豈止為稻粱。
放手驅龍蛇，中副作疆場。
交友輸赤誠，梅兄傾衷腸。
文事無寒暑，朝夕伏案忙。
翰墨情如海，編撰兩鬢霜。
精力似無窮，激情如炷燃。
百年文學會，邀余添贅言。
文友來四海，會務連軸轉。
事必親躬行，操持不知倦。
會後日月潭，再上阿里山。
梅兄終眩暈，中途入醫院。
文章書生累，燈火已悄然。
積勞玉山傾，一病隔霄壤！
詞人呼摯友，文壇失孟嘗。
詩會遜風騷，民國痛忠良。

夫人張素貞，至今望君還。
但聽明月夜，天籟來河漢。
似唱春風曲，再生樹冉冉。
憂國淑世論，留連淡水邊。
良久聲杳杳，已然赴魚川。
越郡多靈異，代代育聖賢。

二〇一三年五月二十八日，溫哥華南郊望晴居

——原刊於《文訊》三三六期「銀光副刊」，二〇一三年十月
收錄於《望秦樓新樂府集》，文訊雜誌社，二〇一五年九月

編輯檯上

◆莊裕安

梅新先生「頭七」那一晚，我彷彿看見他站了起來。照本省人的說法，人死後的第七天，方知自己已死，亡魂會回到家中哭泣。並不是他來我的夢裡託諭，而是我在這天剛好收到鴻鴻寄來的黎明版《梅新自選集》，以及九月二十一日詩社在章公館聚會時拍的照片。我翻閱詩選，悵惘的心情竟然逐漸開朗起來，甚至於，有了拍案叫絕的喜悅，當我讀到像這樣的句子：「死去／不再復活／當然／不是詩人」。

這是梅新二十一年前的〈詩人的復活〉，換算成當時的年紀，約莫相當於我現今的歲數。想必梅新壯年時，對死亡也是不避不諱，出現在這首作品裡的復活詩人，有一個「賣牛肉麵討生活」，另一個「坐在自己的舊書攤上」，呼之欲出。我讀到不少驚心的伏筆，「葬我的骨／築母親的／墓／撿我的骨／建父親的／墳」、「有人在安息了／有人把褲子拋給窗外的檳榔樹」、「我要將我的／骨灰／撒在／月球上」……。這分明是為「頭七」這個晚上，梅新亡靈第一次返家而作的句子，顯然詩人二十幾年前，就開始排練今晚的朗誦獨白。

然而，梅新將是他備極哀榮的葬禮上，唯一缺席的人。他也許非常難耐於冗長的悼辭，數度想翻身起來，拍拍這個人的肩膀，握握那個人的巴掌。那模樣我猜想得到，因為我見識過他在某次文學獎贈獎雞尾酒會，四處周旋的瀟灑。好吧，親愛的梅新，我將以你的詩讓你復活。但我可不是呼魂喚魄的靈媒，我只是《現代詩》的執年編輯，而你選擇在這個節骨眼，當新刊已進入整編的第二次校對，撒手西歸。現在，我想到一個很好的意念，相信你自己也會同意並得意，你將是自己紀念專題的第一男高音。我發現你生前竟然寫出那麼多的佳句，為你自己唱首安魂曲吧！

很少人會拿「南管什音」、「鼓吹藝閣」那類閩南送葬音樂，當做怡情養性的藝術品欣賞。但喜歡西洋古典音樂的人，一定對送葬進行曲和安魂曲不感陌生，我想特別提一下布拉姆斯和佛瑞的安魂曲。布拉姆斯之前的作曲家，一概以拉丁文寫安魂彌撒，當他為母親撰寫這款曲式時，改採馬丁路德的德文聖經譯本，不用約定俗成的歌詞。用母親教他的母語來寫一首紀念母親的安魂曲，才有切身的感受。佛瑞則刪去安魂彌撒裡有恫嚇審判的段落，代之以天堂喜樂的結尾，為他的雙親寫出一首最澄明柔和的安魂曲。「戀母情結」是梅新創作的重要主題，相信他會喜歡布拉姆斯和佛瑞這樣的心意。

兩位作曲家的「破格」手筆，使這兩首安魂彌撒有了儀式以外的功能，它們一再灌錄成唱片，成為愛樂人喜歡聆賞的聲樂曲。安魂彌撒音樂能逸出教堂儀式，進駐尋常人家的書房與客廳，一點也不覺忌諱，因為作品的高度藝術純化。我挑選出梅新一些「人死觀」的作品合成一輯

（編註），不只斯時斯刻的懷念意義，更相信這些詩作的藝術價值。它們將掙脫依附在梅新生死瞬間的辯證，成為普遍而沉澱的議題。邇來「生死學」成為熱門的探討，我們見到宗教、醫學、哲學、玄學各個領域的研究。但對這樣深奧的命題，新詩不只擁有它的「發言權」，甚至是非常強勢的文體。

由於詩的適度隱晦和轉化，使它在逼進死亡時，即使是修辭強烈而暴露，仍騰出美學的距離。感謝陳奐廷在我整理梅新舊稿當兒，適時譯了九首「幽冥之歌」，近代東歐文壇有關死亡的詩歌縮影。奐廷筆名簡拙，在梅新主編中央副刊時期，詩譯稿甚得梅新歡喜，書信往還間建立亦師亦友的情誼。奐廷在錯愕與感傷中，譯就的這些詩篇，巧妙地與梅新作品形成呼應。這中西並列的二十五首詩，不只有安魂的儀式意義，更逾越當前的時點，成為難得一見的詩類展示。我相信未曾感染到慟失詩友的讀者，也可以在這些詩中，感受到類似布拉姆斯和佛瑞安魂作品的誠摯與精美，當它們是純粹的藝術品欣賞。

「To be or not to be」，哈姆雷特心中懸盪未決的，梅新終於早一步揭開謎底。知之為知之，知者梅新完全無法把這個答案拋回給我們，所以吾輩仍然不知為不知。反過來說，知者梅新也可能完全不知《現代詩》復刊第三十期的內容，與陽界一刀兩斷，也是不知為不知。所以這樣的專題，委實是為活者而考量的。所謂安魂曲，未必安亡靈之魂、被幽冥接走的人，反正生死已有定奪，反而是生者的心靈需要安撫。我們仍活著的人，需要詩中的揶揄、百無聊賴、避重就輕、欺瞞、甜美……，各色各樣的情境，任君挑選與死亡擦身而過的相處方式。

在「送舊」之前，專題本策畫「迎新」，由黃粱選介推薦四位一九七〇以後出生的新世代詩人。謝謝黃粱的賣力操盤，我也順便替自己及前行代詩人，問了將近一打的題目。「X世代」、「網路世代」的確有他們瀟灑的美學與價值觀，他們「不在乎」我的「在乎」，相同的叛逆轉勢，也曾照鑑於十幾年前的我。有的啄木，有的飛翔，有的戀棧，有的離棲，這就是詩壇繁茂下去的動力。

一如梅新逝世之難料，我在編輯創作稿時，並不知道鴻鴻入冬的婚事。很巧合讀稿時發現不少描寫愛情的篇幅，所以在編列順序時，有將同類作品匯聚於前的意思。當我知道鴻鴻佳期已定，發現原訂的氛圍，還滿適合當「prothalamion（結婚前祝歌）」，雖然它本無蓄意經營。婚禮與喪禮同時出現在某期詩刊，也許有點異樣，但這是人世之常態。記得我以前上班，每天都要經過台北的民權東路，經常看到榮星花園拍婚紗照的新人，迎面就是進出市立殯儀館的靈車。不多也不少，正是這一期詩刊的野心。

——原刊於《現代詩》復刊第三十・三十一期合刊，一九九七年十二月

編註：這些詩是〈詩人的復活〉、〈墓園之春〉、〈自然〉、〈手杖的影子〉、〈在斜坡上〉、〈鴿子〉、〈我在甕中〉、〈十四行詩〉、〈做秀〉、〈悼詩人覃子豪〉、〈悼念你・也悼念他〉、〈母親的墓〉、〈築墓記〉、〈賞月人〉、〈履歷表〉、〈身後事〉等選登十六首。

《履歷表》

——用語淺近，用情極深

◆李瑞騰

梅新的詩不甜不膩，但用情極深，從「我不風景誰風景」（〈風景〉）到「我一直想給地球一雙眼睛」（〈身後事〉），簡單的詩句卻教人動容，這是台灣現代詩的成就之一。

但這樣的詩人卻活到六十歲就走了，詩集是生前三本，身後一集。從《再生的樹》（一九七〇）、《椅子》（一九七九）到《家鄉的女人》（一九九二），愛寫樹，寫石，寫他的觀物思維，物我之間自有一種屬性的會通，「我」想化身千億在天下萬物之中，可惜詩量不多，否則梅新的詩世界便是大宇宙。

《履歷表》（一九九七）是生前編定，結果以遺著的方式出版，只卷末四首是他的妻子張素貞教授附加上去的。詩集扉頁之後題「給素貞」手跡，回看《再生的樹》書前的「獻給小萊」（張教授的小名），梅新之深情表現在這裡，從〈寫在小萊的書籤上〉、〈寄小萊〉，到《履歷表》中的〈風的方向〉、〈巷子裡的風〉、〈我非那風〉，瘂弦說梅新是「用詩尋找母親的人」，但他其實也是「用詩愛妻子的男人」。

《履歷表》收五十九首，差一首是梅新的歲數，余光中的序言說「梅新的詩藝老而愈醇」，梅新還不算老，不過詩藝愈醇倒是真的，那醇，有時是「改寫不下十次」（〈夜的底層〉後記）凝聚出來的，有時卻是「一氣呵成，幾乎沒有什麼改」（〈民國卅八年的事〉後記），自然散發出來的。當一切的繁華都已落盡，就如同那張「履歷表」，籍貫、出生年月日、學歷、經歷等，似乎都已經不重要了，因為「這份履歷表／我還沒有貼照片／你要也可以是你的」，詩人穿透人生現象看生命的同質性，這具有普世性的生命意義。

梅新十歲出頭由浙東來到台灣，五十幾歲始重返故園，在台灣成長、發展的歲月，已成記憶的點點滴滴，如〈民國卅八年的事〉那當手銬之事，雖不必一定有，但「現在去取，已取不回我當時當進去的時間」，所以「就讓它死當算了」，我以為這是置之死地而後生。〈六〇年代雙城街的黃昏〉（五首）中的黃昏景象，操山東口音的三輪車夫、酒吧內的美國大兵、「懸在街的正中央」那「掉落的電話線」、生命如紙屑的老嫗、孔廟管理員等，梅新像街頭攝影般留住了那些影像。如果我們從《再生的樹》一路尋來，梅新個人的生命和四十年的台灣經驗有其相互會通、印證之處。

而重返故園之後，兒時家鄉的女人當然要入詩了，但長安大街、西安、南京、黃山，甚至於碑林、秦皇陵等都是書寫的對象，有詠史懷古，有現實的深沉感情，這個部分沒有什麼計劃性，不過，隨興寫來，總有那麼一點滄桑變化的味道。

我覺得梅新在晚期的詩之創作，頗有回應早期作品的跡象，寫妻子寫母親是最明顯的例子，其他像當年之祭悼覃子豪（《再生的樹》中的〈不死亡的故事〉和〈悼詩人覃子豪〉），到本集之〈悼念你·也悼念他〉；當年之寫〈椅子〉、〈課長的前途〉（收入《椅子》）到本集的〈椅子的表情〉、〈末代皇帝和蟑螂〉；其至於黎明、黃昏、夜、床、夢等題材，他都重新處理，前後比較分析，可以看出梅新如何與過去的自我進行對話，而其思慮，如何的逐漸深化。這些都值得我們進一步去探討。

——原刊於《聯合報》讀書人周報，一九九八年二月九日

序《梅新詩選》

◆鄭愁予

我年輕時亦曾為友人寫序，後來覺得像是冒然揭開友人新娘的面紗，而婚禮尚未完成，想想甚是無趣。這卻也不是我不敢再為人寫序的主因，尤其是對年輕的詩人，「序」，這個有點威勢意味的字眼，由「先行代」執筆，對「後行代」的作者會造成誤導是極其可能的，我極重視比我年輕詩人的「自我」與潛在的才華，「序」，又如何能從事金礦的開掘，對讀者來說，寫序有「可能」將之誤引入個人只能偏及的層面，因而不幸障蔽了更深廣的欣賞視野，將是多麼可惜？有了這兩個「可能」，「序」言是不是真能起稱頌的作用？而這一次我被指定為《梅新詩選》序言幾句，卻是我非常樂意而沒有顧慮的。一則，我仍在時時想念著他；二來，梅新是我的同代人而又是無可爭議的好詩人，第一個「可能」本不存在，至於第二個誤引讀者的「可能」，我將盡量不沿襲俗例，不評述及引證作者的章句，我所要說的只是梅新創作的時代，他作品神韻之所在，內涵情操，心魄之所繫。

五十年代是一個文藝的蓬勃期，軍中青少年作家、藝術家比比皆是。寫詩的青年軍人，由於敏感度高，自省與追求自由和獨立的意識較強，常將「疏離感」禁錮於「自我」的「心靈」中，發之為詩，便不得不借助於高度魔變的文學技巧，在藝術上採取艱澀的策略，以隱藏「反傳承」的情緒及對世事甚至人類行為的嘲弄，在理論上則借力於官方不甚了解的西方「文學主義」為護符：主義一；主義二；主義三的順溜下去。真的性情幾乎是不再流露於詩外，也使好的「抒情詩」跡近絕滅。梅新的詩生命正是在這個時期中成長的，而他的真本領是非常敏捷地練就所謂現代詩的一切功夫（巧用意象和表現機智），而卻從未陷身在文字的霧障中，原因極為單純，他的作品出之於他單純的心境，他的善，不自私，和對自身之外人群的關切，使他在創作動機上直覺地以率真與感人為念。他的詩中雖有對生命的自嘲，對人世良性的調侃，卻是現代文學中高層次的功能——反諷（目的不是傷害和殘虐他人）。表現這樣內涵，他於是選擇清泉流澗一般活潑的語言，這在當時是一個異數，而這一派清流，明明亮亮地、自自在在地、很有信心地，終於影響了別的創作者，晚近十年，一些名家竟亦放棄艱澀而敞朗了起來。在這個選集中，讀者品賞梅新有點薄荷味兒、爽口的詩句的時候，應該知道他是一個詩形式的先知者。

不是很久以前，香港市民舉行了一個「詩選舉」，選出最喜歡的一首唐詩，得票最高的不是詩仙、詩聖、詩佛，而是詩人孟郊的「慈母手中線，遊子身上衣」。東方儒家思想是以「仁」為處世最高理念，而以「倫理」為體認生命最基本的條件，這就是「和諧」和「自然」的道理。西方文明自古是起於神與人的互生和抵制，嗣後主要宗教所奉行的「造物者論」以及所衍生的律法，難以化解因科學、哲學、藝術乃至戰爭反覆衝擊人類存在中的兩極對立——有神（上帝）或是無神。特別是拿破崙與兩次歐戰之際，現代化了的基督教國家竟成為互相殺戮的客體。生命的本體產生懷疑，悲劇感乃由生命的虛幻而浮現在兩性、代間、貧富階級的各種主題上。於是許多西方詩派、詩作品致力表現這種悲劇感，特別是號稱重量級的作品，更是如此；而在東方儒家倫理的傳統下，人的身體（生命）是受之父母，父母與祖先的位置即是生命的起源，頗與西方的「上帝」相似。「樹欲靜而風不止，子欲養而親不待」，父母之棄世可能是中國文化中最沉重的悲劇意識。這不是一個簡單的孝思或所謂的「父權」思想。這是儒家的生命本體論，這與西方生命的本體解釋以及宗教精義至為接近。梅新詩中迴縈的「母親情結」與我們這一代其他人的母親情結並不相同。他的母親是抽象的，他蓄意使用童稚的語氣抒寫，我們可以感到母親與孩子共生在詩中而遍在於各處，在月亮中、在夢中、在歌中，有時是少女一樣的穿著花的裙裾走在蒲公英的草地上。當讀到月亮中的淚滴，我們也看見自己母親臉上的淚，不禁掩卷而泫然。所以他的母親是眾人的母親，猶之西方個人的上帝亦是眾人的上帝，東西方的悲劇感在哲學上不同來歷，在詩境表現上卻同樣的動人。

當我們讀梅新的詠物詩，可能是讀他詩選中最重要的完成。這些詩「詠物」，其實是詩人「賦情」的焦點，讀者可以細心地在物象之背後、之腹裡、之顏色中、之氣味中以及「物」的因時因地的動作中，感到他精神領域之內正坐著一個指揮「萬物」的主宰，這個主宰正是「無可奈何」的化身。從椅子到銅像，從鴿子、狗到各式花木，從物的多面體以及其形貌所暗示的意義，我們看見的則是各色的人，正在他的詩中化成「物」而上演在一個悲喜的劇場裡，〈銅像〉一詩的政治舞台更演出了全人類求真的困境。詠物之不足，梅新又在情到「不能自已」的時候寫情詩，所以梅新的情詩最有詩教的意味。他又走著「樸中有華」的路線，因為他既有真摯純樸的性情而又有華美的技巧。他對「情」謙虛，對人尊重，讀他的情詩好像是「感同身受」。這令我想起，在九十年代初，有人為他安排來美國做一段時期的訪問，他回信大致說：「最近感到時間不夠，要做的事情還很多，不想出國逗留太久。」這話給我清涼的啟示，亦使我感同身受，這正是他處理「知性」的方式。他的詩多半自感性出發而由知性矯正，所以「敗筆」、「失言」在他的詩中甚為少見。然而卻不時流露出生命迅逝的「觸機」，甚至在情詩中亦竟自擬為「迅速降落的殞星」，這是一個「施愛」的人隨時恐懼生命萎喪而自我解困的暗喻，讀到此句，使人心驚心痛。

張素貞女士（梅新夫人）著作《韓非子難篇研究》序文中有幾句話：「……義理詞章，真可以益人意智，長人慧巧。」將其中的「詞」字易為「詩」字，恰好形容《梅新詩選》的功能，是為序的結束。

——收錄於梅新《梅新詩選》，爾雅出版社，一九九八年十月十日

《梅新詩選》編輯事略

◆莊裕安

一九五五年夏天，十九歲的梅新在《現代詩》發表詩作〈殞星〉，據商禽的回憶，是梅新在媒體初試啼聲的處女作。一九九七年秋天，《現代詩》以「我要將我的骨灰撒給月光／梅新紀念專題」，送走我們如親如友的社長。詩社同仁在回味梅新橄欖香的句子，以及咖啡與奶油的下午茶沙龍聚會時，漸漸脫離葬禮的冰冷，偶然間又聽到梅新睥睨或靦腆的笑聲。

梅新一共出版過四本詩集：《再生的樹》（一九七〇，驚聲）、《椅子》（一九七九，成文）、《家鄉的女人》（一九九二，聯合文學）、《履歷表》（一九九七，聯合文學）。這四本詩集似乎可以西曆六〇、七〇、八〇、九〇年代來分期，顯示梅新穩定持平又不懈的創作速度。

《梅新詩選》由林泠主事，她希望選入最能代表梅新特色的詩；力求顯示作品深度及廣度，做為文學上的定位點。身為梅新長年的知交，編者亦選入詩人個人重視的詩，譬如「給小萊的詩」以及他在金門戍守的作品。編者大抵依編年順序，每冊分為四、五個小輯，並選最有特色的詩名訂為輯名。「輯」的採用，可強烈增加作品藝術效果，並予評者與讀者某種導引意味。但「輯」的編組並不完全依照主題，更重要的是美學處理、趣味、象徵的程度。譬如說，將強烈而具悲劇感的詩自一些諧趣小品分開，以免兩者彼此沖淡。

感謝爾雅出版社的隱地先生，慨然出版本書。去年，多達四、五十位作者合力完成的《他站成一株永恆的梅——梅新紀念文集》（大地出版社），真是一場隆重的送別。今年這本詩選，力求更能逾越親友懷念的層次，成為向詩壇歷史挑戰的新梗。那麼不服輸的梅新，豈肯在熱鬧的千禧年來臨時缺席呢？這本詩選集希望也預告梅新歸來的消息，撥開菊花與茱萸，那漢子從網際網路鑽進了詩的下一個太平盛世。

——收錄於梅新《梅新詩選》，爾雅出版社，一九九八年十月十日

略談梅新的《再生的樹》

◆商禽

自從梅新成為「風景」之後，轉眼便滿一年，而他的選集也已經印成。朋友們要我來談選集中《再生的樹》部分，我雖很覺榮幸，卻又感到十分惶恐。因為我不長於理論，所以只好以一個朋友的身分來談梅新在創作這些詩時的想法和心境。

我與梅新是在現代派加盟會上認識的，剛好我們的詩在前一期刊在同一頁上，人未相逢時詩已先見面了。而之後，我們一有機會便聚首談讀書和寫作的心得。我到他的駐地去拜訪他，他到我的駐地來看我。那時我們都是小兵。後來他教書也去看他。因此，梅新的詩，特別是《再生的樹》裡的，有些還曾當面聽他誦讀過，對他創作的心境與表現的企圖也曾聽他說過。

像他〈中國的位置〉中所使用的長句，是有意造成的節奏感。當時我們都相信，以「散文」這種工具來寫詩便應該拋棄「一個字一個音節」的陳舊觀念。例如：

中國的位置，位於東東東

便只算得兩個音節了。另外，像〈觀月浴〉的句子也一樣。

說到〈觀月浴〉，也就該談談梅新詩中的主題意蘊，一言以蔽之曰：愛。情人的愛，家國的愛，新生代的愛，人生的愛。

〈觀月浴〉是他和後來的夫人（小萊）的訂情詩。

〈中國的位置〉是對家國之愛的詩。

〈再生的樹〉是對新生代之愛的詩，他寫道：「他們將在貧瘠的地殼上／再生／他們將在不毛的砂礫中／冒出芽來……」，這豈不是對新生代的期許。

記得那些年代，我們都耽迷里爾克和紀德，我們都傳閱過紀德的《地糧》，我們都嚮往「如果一粒麥子不死」的精神，那便是再生。

在梅新的詩中，常有樹的意象。它不但象徵作成長與再生，而且不單只是對個人的，亦且是對世代相承襲的。記得他在集中〈悼詩人覃子豪〉一詩中有這樣的結尾，其實正好也可做為他成為「風景」後最好的寫照：「你曾放哨於其上的榕樹今天有群鳥在努力做黎明」。

可以含笑了，朋友。

——原刊於《中央日報》副刊，一九九八年十一月九日

秋日之約

——「懷念梅新．讀梅新詩」紀念會側記

◆羅任玲

秋日的藍天寧靜而高遠，這是十月十日的午後，空氣中飄浮著秋天特有的舒悅氣息。去年此時，詩人梅新在眾人的錯愕中離開世間，也放下了他鍾愛的詩筆。而今天，在他逝世一周年的日子，一場名為「懷念梅新．讀梅新詩」的紀念茶會，選在寧謐的知新廣場舉行，由爾雅出版社印行的《梅新詩選》也同時出版，可說別具意義。

兩點半不到，來自各地的文友已陸續就座。主持人辛鬱在簡單的開場白後，便請商禽、白靈、莊裕安、向明四位詩友就梅新的作品分別提出看法。

首先發言的商禽表示，由於來到會場之前，並未打算上台說話，因此他對梅新先生作品的評介，將在日後以書面形式發表。（按：該文為〈略談梅新的《再生的樹》〉）他並朗誦了兩首梅新的詩。

接下來是白靈的發言。他認為「笑中帶淚，平易近人，且在平常中隱含智慧。」是梅新詩作

最大的特色。以下是他的發言大要。

白靈：梅新的詩以「短句」見長，節奏感顯明，唸起來速度比「長句」慢很多，給讀者的壓迫感較少，想像空間反而容易在閱讀中開顯。他的詩以神話性思維來「駕馭」他的語言，因而「動態」感較大，戲劇性高，比一般語言凌駕於思維上的詩，結構較嚴謹，易有佳篇，較不注重佳句。

另外，他的詩常常笑中帶淚，平常中隱含智慧。比如「椅子」一輯的詩中，他關心人的位置以及椅子所象徵的社會意義，比如名、利，比如汲汲營營的一些什麼；同時隱約透露了自己的堅持，也謙虛地表達了自己的自信。又如〈林蔭道〉寫出了自己身後可能留下的「影子」，〈詠石詩〉第一首寫自己的清醒與別人的不同，〈椅子〉一首寫攀附名利之椅的人攀蹲的其實是猴樹，〈狗與乞丐〉以幽默的語調寫狗眼看人低，讀來趣味盎然，〈詩人的復活〉中說：「死去／再活過來／詩人們／經常如此」。他說的是詩人在詩與詩之間經營努力的辛苦，如與生死搏鬥般，並不輕鬆。

梅新先生一輩子備極艱辛，奮力不懈。今日我們齊聚，在讀誦他的詩中，他當然又復活了。他的詩一如他的為人，平易近人，在未來的歲月中應會吸引更多的人繼續與他親近，而且從他的詩中汲取出趣味和智慧。

接著發言的莊裕安，則以梅新詩中的「故鄉和母親」做為探討主題，且以《家鄉的女人》為討論重點。以下是他的發言內容。

莊裕安：《家鄉的女人》成稿於一九七九至一九九二年，這十三年裡台灣發生最重要的事是解嚴。對梅新而言，九〇年的返鄉探親，可說是長年思鄉壓抑後的一大解放。

梅新曾提過，題為〈家鄉的女人〉同名詩系，不下十首，但最後付梓的只有三首。這三首看似一氣呵成，不管是用字遣辭或造景比擬都十分統一，殊不知第一首寫於一九八四年，第二、三首則為一九九一年。這意謂著，梅新在遙想與真正見識過「家鄉的女人」後，並沒有更多的震撼與變動。

但這推論並不成立，「散文梅新」曾透露，「前年我回家探親，家鄉的女人，已不是我兒時記憶中的女人」。詩人畢竟不是記者，他有自己選擇「報導」的角度與堅持。梅新自己也感覺，「我用它（〈家鄉的女人〉）來做詩集的書名，是因為它代表我某一個時期的心境。今後，我可能很難再寫這種詩了。」我們在《履歷表》裡，果真發現梅新對西安、黃山、南京的遊記，不再是寫〈家鄉的女人〉那種心境。

我們再往後推，看一九九六、九七年梅新在母親節分別發表於「人間」、「聯副」的〈康乃馨〉與〈媽媽〉，花甲的詩人彷彿重拾奶嘴，以幾近「童詩」的語調，撰寫遙憶母親的詩。這是梅新的苦楚，也是梅新的甘美。他三歲失恃，所以日後回憶母親種種，便可以「理直氣壯」回到髫齡。但我們也隱約悟到，梅新不願發表「家鄉的女人」系列第四首以後同名詩作，那種今昔難比的困境。

下個世紀，像梅新這樣被海峽阻隔，少年、青春、中年苦於思鄉念母的情形，也許不再了。

但肯定世間仍會有許多襁褓，剪斷臍帶便與血脈告別。梅新這類型詩作，不僅呈現出二十世紀中葉的特殊狀況，到了下個世紀，一定也是重要的「原型」。失去母親的梅新，將因「失去」而「長駐」詩壇，真是最好的代價補償。

接下來由向明發言，他以「詩藝超前、生命超速」做為讀梅新詩集《履歷表》的整體感想。以下是他發言的大概。

向明：梅新的新詩集《履歷表》是他驟逝前早就準備出版的一本書，裡面收他自一九九三至一九九七年五年內的作品共五十九首，是他最新的一些作品。這五年多來我們生活的整個環境局勢在變，人們的好惡也常常被擾亂到無所適從，所謂無力感、幻滅感都是這個當下的普遍感受。做為一個詩人，他敏感的心靈經此變化無常的刺激，迫使他不能也不可再做時間的順民，必須面對現實自有主張的做出適當反應。

梅新可說是我們這一群詩人中表現最特出的一位。辛鬱在分析他早期的詩曾言「梅新的詩時代感是淡薄的，缺少直接的流露」。然而在《履歷表》中梅新做了澈底的轉型。幾乎每一首詩都可看出這時代的歷史文化變遷軌跡，而親情與鄉愁更與這時代的每一個人共呼吸共悽惻。梅新現在的詩足為這時代的患難作見證。

征服語言是詩人一生的職志。也許《履歷表》最讓人覺得與眾不同的是他那看似漫不經心，卻又機靈得有若禪悟的語言。梅新寫詩可說最懂得掌握詩趣。他的詩從不會使用艱深的文辭去堆砌，而是在平白中以藏意的手法，讓人讀後會心一笑，或倏然一驚。這似乎是梅新經營意象的獨門秘訣。

《履歷表》中的〈長安大街事件〉、〈孔廟門前記事〉以及為詩集取名的〈履歷表〉各詩，都有匪夷所思的語言機智突然蹦出來。余光中在讀到〈孔廟門前記事〉末三行給他的感受是，十倍於一場大規模的漢學會議。

我比較重視的倒是那五首〈六〇年代雙城街的黃昏〉。同樣的黃昏場景要寫五首，每首都要有不同的驚人發現，這是在考驗詩人感受辨識是否靈敏。這五種尋常事物都要轉化成詩的感動和發散詩的趣味，就是一件費思考的事情。而梅新每首詩都處理得有聲有色，有時只神來的幾句後設語言，便把整個詩頭尾翻新。這便是梅新對詩語言的功力。余光中在讀《履歷表》後稱讚梅新在現代詩的馬拉松長跑賽中，是位超前的選手，我認為一點也不過譽。不過很可惜雖然詩藝超前，生命卻超速了，這就是整個詩文學的大損失了。

四位詩人都已發言完畢，辛鬱接著邀請在場文友以較隨興的方式談談他們眼中的梅新。首先發言的是台大中文系柯慶明教授。

柯慶明：我想先朗誦梅新先生的作品〈詠石詩〉第三首：「如同忍淚／岩石／將身上的雨水／自外往裡忍／雨／不知什麼時候才停／石上的毛細孔／愈忍愈深／都快成傷口了」。在我和梅新先生近二十年的接觸中，我總覺得梅新先生的人是只能意會，不能言傳的。但就如同〈詠石詩〉一般，他的傷口只能在下面這首〈子彈〉中看到：「撿骨師洗骨的時候，發現父親膝蓋上有顆彈頭。／父親生前的瘸腳，我還以為是與生俱來的呢。／撿骨師要將彈頭取下，我說不必，父親已經痛過，現在已經不知道痛了。而時間已將父親的骨頭與子彈結合在一起了。就讓它留在父親的身上，當做我們對父親記憶的標誌吧。／撿骨師的年齡和父親相彷，他知道那子彈的年代，是三八步槍的子彈。」

〈詠石詩〉和〈子彈〉彷彿標誌著一體兩面的傷痕，這樣的傷痕，如果我所理解的屬實，應該是梅新那一代詩人所共有的、讓人欽佩的，既是哀傷也是成就吧！也就是說，整個現代詩的運動，似乎與國家長期的動盪與苦難有密切的關聯，而在這樣的關聯當中，詩人是用他們承受苦難的心志，標識而且在某一方面來說，昇華了這種磨難。

今天我若要以一首詩來紀念梅新先生，我想我會選擇〈土地廟〉：「高樓／應當先看見黃昏／他們沒說／大概是沒有見著／現在／我說／烏鴉低旋／蟲聲四起／黃昏已近山頭／我的地位／頓時提高了許多／我是一處／矮簷土牆／沒人瞧得起的／土地廟」當我讀這首詩時，我就老想到我的老師臺靜農先生，他在台灣的新文學界可說桃李滿天下。而他晚年時應子女的請求，勉強去了一趟美國。他回來後我們都好奇的問他「對美國的印象如何？」他第一句話先說：「大而無當。」然後第二句話說：「連個土地廟都沒有。」現代詩是個很微妙的東西，一方面好像是希望把我們的文化精神帶往一個更接近二十一世紀的、比較前衛的運動，但我們讀梅新先生的詩，卻又可以在其中發現極為深刻的、根源的、文化的、傳承的、啟發的，以至於到最後精神的寄託與歸依都可在其中尋得平衡。今天我們在此地紀念梅新先生，他就如同「死去了又再活過來」的詩人，我相信他的詩、他的人、他所代表的一切都像「土地廟」一樣，會繼續給我們溫暖、給我們庇護，這是我對他的懷念，謝謝。

柯慶明教授發言完畢，第二階段的主持人莊裕安接下主持棒，他首先提出《梅新詩選》第五十九頁〈春曉〉中的疑義。他認為梅新的詩一向用字平實易懂，但為何〈春曉〉的第一句卻用了一個難解的「虬」字？他希望在座的文友能提供解答。

此外，莊裕安也提到詩選中的一首詩〈麥加之旅〉。他指出，梅新的作品很少描寫異國的風情，這首詩卻是個例外。而在座的詩人瘂弦則有不少描繪異國風物的詩作，莊裕安希望瘂弦先生能就這點談談。以下是瘂弦的發言大要。

瘂弦：我想，紀念一個詩人最好、最深刻的方式就是靜靜讀他的詩。今天下午我重新看梅新的詩，的的確確有很多新的發現。在台灣新詩發展的這幾十年，早年大家都比較重視華麗的語言、繁複的意象，因此在那個年代，梅新的詩有若干程度的不受到重視。現在大家都到了中、晚年，便發現早年的花拳繡腿、華麗浮俏反而是個缺點，又返樸歸真的時候，才發現我們的老朋友梅新早就在這麼做了。所以從這個角度來看，梅新可說是個先行者，他的作品有很大的「預見性」。

早在民國五十五、六年，梅新作品的基本風格就已「粲然大備」，也就是說他一開始就有自己的詩法、自己的風格。但當時大家都在講熱鬧的時候，他是比較寂寞的。而大家現在看他的詩，是禁得起美學考驗的、是耐讀的，莊裕安說梅新的詩可以進入下一個世紀，我想是沒有問題的。梅新的詩也禁得起長久咀嚼，就像莊裕安說的，充滿「橄欖香」。橄欖並不像桃子那麼甜膩，但它的餘味芬芳，是禁得起咀嚼、回味的。

剛才莊裕安問「梅新是否去過麥加？」其實早年我們寫過許多異國情調的詩，那些地方我們都沒有去過。唐朝許多詩人寫邊塞，他們也沒有去過邊塞。而浪漫派的特點之一，就是對遠方的嚮往，好的詩人寫的不是地理誌，而是那個地方的精神。如果讀過麥加的文獻，對麥加的宗教有深刻的體味，就可以寫麥加的詩，去不去我倒覺得沒有關係。

我覺得《梅新詩選》選得非常好，每個階段的詩都富有代表性，而書後附錄的幾篇文章也有助於對梅新的了解。梅新過世已經這麼久了，大家對他的懷念一直都沒有停止，而且還在繼續延長，我想一個詩人的成就與對社會的影響，可能不在生前，而在身後。從梅新的情況我們就可以知道，文藝界對一個詩人的作品會有最後的公道，只要把好詩寫出來，永遠可以流傳下去，不會因為肉身的生命結束，而結束了文學的生命。梅新的詩值得一讀再讀，仔細品嘗，每一次品嘗都有新的味道、新的發現、新的收穫。謝謝各位。

紀念會至此已近尾聲，為了感謝許多親朋好友遠道來此，梅新夫人（也就是師大國文系張素貞教授）特別在最後向大家致謝，並就前面詩友所提出的問題做一答覆。

張素貞：各位親朋好友，十月十日是個忙碌的日子，非常感激大家把寶貴的時間用來懷念梅新。謝謝爾雅出版社的隱地先生慷慨承印了這本《梅新詩選》。這本書由林泠編選，鄭愁予破例寫序，莊裕安以活潑的構意寫了精緻的後記；在校對過程，為了字句、段落，或者原詩出處，我也常請教商禽、向明、零雨、莊裕安，謝謝各位詩友的愛護。這本書可以算是精校本。裕安剛才提出的問題，〈春曉〉第一句：「一羽鳦」，在原本的詩集《椅子》中就是這樣。我也懷疑，還查過字典。「鳦」，是古代入聲字，現在轉音要讀「一上聲，同椅」，是燕子，詩意還解得通。梅新的詩其實並不晦澀，不致讀不懂，像這個例子，也許跟他一度沉迷古典有關。

梅新的詩還有個特色，他常把大歷史也寫進個人的小歷史中，所以〈履歷表〉最後說：「你要也可以是你的。」剛才謝謝文曉村先生證明〈子彈〉中的「三八步槍子彈」是日本兵用的，「父親」是參與抗戰受了傷；正如〈再生的樹〉、〈大擔島與二擔島〉寫金門，〈板門店〉寫朝鮮半島，是實地感受。但我們也要留意，〈子彈〉中的「父親」是抗日官兵的形影，不是自傳；同樣〈浙江老家的門〉提到敵人拆老家的門，「我和我弟弟／站在門口／一邊一個／學做門／娘說，當心他們／把你們也給拆了。」娘，也是大中國眾人的娘，誠如愁予序中所述。梅新三歲時，母親就因生弟弟難產過世，他對母親完全沒有記憶，也沒有照片，所以〈我的母親〉中他把母親的臉「想成圓的，有時也想成方的」。地理名詞運用方面也多的是寓託，讀〈麥加之旅〉，我們就可以有更廣闊的思考空間，也許可以看成一首情詩（他把風城比喻為聖地），他沒有去過麥加。

——原刊於《中央日報》副刊，一九九八年十一月九日～十一日

掛劍人語
——讀余光中〈斷然截稿〉有感

◆陳幸蕙

我這篇序言早在梅新生前就答應了他的。直到今天才交卷，實在遲了，遲得連作者都無緣親睹，真是愧疚。若是他在病中能看到此文，想必會感到一些安慰。詩壇寂寞，古今皆然。與其在身後為詩人立碑，何若在生前為其作序，思之憮然。

——（〈斷然截稿〉，《藍墨水的下游》）

香港學者黃維樑曾說，余光中是一位擁有「璀燦的五采筆」的作家——用紫色筆來寫詩，用金色筆來寫散文，用黑色筆來寫評論，用紅色筆來編輯文學作品，用藍色筆來翻譯——采筆繽紛交錯，深耕數十年，終成當代文學重鎮。

不過，這五色的區分，倒也並非如此判然絕對、嚴格分明。至少，余光中用以寫評論的黑色筆中，便常閃動耀目的金、紫之光，雋永多姿，賞心悅目。而在《焚鶴人》後記和《從徐霞客到梵谷》一書自序中，余光中更曾夫子自道，有過這樣剖示自我的告白——

我的論文往往抒情而多意象，……這是天性使然，不能強求，也無可戒絕。……（《焚鶴人》後記）

寫評論的時候，我總是不甘寂寞，喜歡在說理之外，馳騁一點想像，解放一點情懷，多給讀者一點東西。……

我不信評論文章只許維持學究氣，不許流露真性情。

——（《從徐霞客到梵谷》自序）

這是余光中寫評論文章的一個理念。

因為允許自己「流露真性情」，又屢出以精警生動的散文筆法，所謂「以文為論」，因之余光中受邀所寫序言作品，往往結合了評論與散文的特色——既是思維的辯證、審美的論述、觀念的對話，同時，也是文采的展示、情懷的激盪、經驗的分享，或是親切的交談——不但突破了一般評論文章陳舊的模式局限，同時也頗更新了一般人對序言作品既定的刻板印象。

而在所有這些「流露真性情」的序言作品中，最特殊的一篇，或許便是余光中為梅新詩集《履歷表》所寫的〈斷然截稿〉一文了。特殊，是因為當寫序人完成作品時，受序者已不在人間，一方是「含淚寫成」，另一方卻未曾及身得見，只能焚化遙寄，「請火神為信差，限時，即時」（註）專送給逝者。對於此一無可彌補的遺憾，余光中說，他的「悔恨、哀傷之情，直如季札獻劍，無處可覓徐君」。

季札，是春秋時吳王壽夢最小的兒子，素有賢名，曾封於延陵，所以也稱延陵季札掛劍，或說獻劍的典故，出自《史記》〈吳太伯世家〉，原文如下：

> 季札之初使，北過徐君，徐君好季札劍，口弗敢言。季札心知之，為使上國，未獻。還至徐，徐君已死，於是乃解其寶劍，繫之徐君塚樹而去。從者曰：「徐君已死，尚誰予乎？」季子曰：「不然，始吾心已許之，豈以死背吾心哉？」

這個掛劍於故人塚樹的故事，顯示了跨越生死、此心不渝的友情與信諾，令人感動。余光中以季札自喻，以徐君喻梅新，〈斷然截稿〉一文，便成了那生前即許諾的寶劍。劍在人亡，對掛劍人而言，其悵惘、沉痛與失落，可想而知。因此，這一標示著生死兩隔印記的友誼紀念，乃因背後如此的婉轉曲折，而成為余光中序文群中最富傷感意味的一篇作品。

由於撰寫〈斷然截稿〉一文時，梅新已故，蓋棺論定，故文章一開始，余光中便先總結梅新一生詩創作成績，開宗明義指出梅新六十而歿，卻僅得四本詩集問世，實非量產取向的詩人，從而慨嘆其生命最後幾年，雖力圖於創作質、量上大幅提升，卻不幸因病戛然寫下生命休止符，失去了攀登創作高峰的機會，徒留遺憾，格外為其感到惋惜。底下，則就《履歷表》詩集的主題、技巧分別加以評述。

在主題安排上，余光中首先肯定擅寫親情、鄉情的梅新，在《履歷表》中，成功地延續了他前三本詩集裡的這兩大主題外，還更注入了歷史與文化關懷，使得《履歷表》詩集較其前此之作份量為重，格局更大，意涵更深，無論就題材的開拓經營或處理上的含蓄成熟言，均有超越前三本詩集處。為此，余光中特別舉出〈長安大街事件〉、〈孔廟門前記事〉和〈民國卅八年的事〉三首記事詩為例說明。

余光中認為〈長安大街事件〉抒發詠古、思古情懷，動作、對話、馬蹄滴答的音響效果相互交錯，似夢似醒，造境成功，美感距離掌握得宜，「簡直是黑澤明的手法」，堪稱「梅新詩藝的極致」。

〈孔廟門前記事〉一詩，梅新從「入夜後／有流浪漢／到孔廟門外打地鋪」的人、地、時、場景、動作切入，一開始便埋下戲劇性十足的伏筆。余光中認為此詩雖出以虛擬事件，但戲台、演員、道具、配音無不具備，象徵意味濃厚，是既嘆傳統的儒家文化無人承接，復哀流浪的現代人無家可歸的雙重困境，「一門之隔，悵望古今」，卻又無可如何，直把悲抑蒼涼的氣氛、感慨、情緒拉抬至最高，因此余光中說他每次讀到首段的末三行——「孔子輕拍著門問／外面躺的／可是許久不見的顏回」時，都不禁要泫然流淚——

> 這首詩給我的感受之深，十倍於一場大規模的漢學會議。

此處，余光中不忌私感覺之袒露，而將「泫然流淚」的個人化反應，訴諸讀者，自是其前述寫評論文章時「流露真性情」、「在說理之外，解放情懷」的作法。至於「十倍於一場大規模的漢學會議」的譬喻甚至誇飾，則自亦是其追求文采斐然、「馳騁想像」所揮灑的散文筆調，甚至是詩的筆調。這兩句話強烈暗示梅新〈孔廟門前記事〉一詩令讀者共鳴之深，與所受撞擊之巨，就效果而言，也同樣具有強大的情緒感染力和說服力。

〈民國卅八年的事〉一詩，所記為梅新幼時隨軍來台，在所謂「（生命的）太陽開始上班的時間」，迫於現實生計，不得不將手錶典當的往事。此詩部分內容如下：

> 櫃檯很高，我看不見櫃檯裡面的掌櫃。因此我根本不知道我當給了誰。
> 是賤當。二十塊錢的價值，只能換來幾碗大滷麵，和幾個山東饅頭。
> 是死當。現在去取，已取不回我當時當進去的時間。
> 算了。就讓它死當算了。

全詩寫小人物微不足道的典當瑣事，但背後卻隱約有整個大時代的傷痛滄桑恍然浮現，所以余光中說此詩「介於歷史與自傳之間，暗示與聯想極濃」，是「在大我的歷史背景上浮雕小我的身世」。而「浮雕」的過程中，梅新顯然以「錶」象徵「歲月」，以「高大的櫃檯，隱身的掌櫃」，影射「政局與執政者」，甚至還更形而上地影射著「命運與造物」。因為當錶的「我」，根本不知道他的生命、青春、歲月，究竟當給了誰？卑微的「賤當」與絕望的「死當」之餘，只能收起內在困惑、不平和無奈，並以一個絕對弱勢者的阿Q心態，故作輕鬆地自我安撫——「算了。就讓它死當算了。」——然而，所有這悲哀無告的一切，余光中說，梅新都訴之以低調，未見情緒，也不作任何淒楚負傷之語，因此不免讚許梅新「不愧是低調高手」。

透過這三首詩，余光中強調，梅新的好詩「總會無中生有」，擅用超現實手法，反更能逼視現實，讓主題得以生動演出。所以「長安大街上不會有蹄聲滴答，孔廟裡也不會有夫子拄杖嘆息，當鋪的櫃檯更不會高不見人……」。的確，長安大街上的蹄聲滴答、孔廟內的夫子嘆息，確屬虛擬手法。但是，當鋪裡的櫃檯「高不見人」，若仔細尋思，卻很有可能不是超現實技法，而是詩人當年生命現實的真實反映。

記得童年時（民國五〇年代），我曾隨長輩至當鋪典押衣物。至今留存的深刻印象，便是烏亮堅實的櫃檯高不見人。交易進行時，只聽得沉黯且彷彿蓄著濃痰的喉音自裡間冷然飄出，舉頭仰望，則只見遞出單據和鈔票的一隻手，卻完全無法得見櫃檯後說話者的五官樣貌。由於長輩離去時沉默不語，面色凝重，握住我的掌心也變涼了，自此，當鋪遂在我心中留下神祕、陰冷，甚至寡情的印象，至今難忘。

從這樣的個人經驗出發，再來看梅新〈民國卅八年的事〉一詩，對其「櫃檯很高，我看不見櫃檯裡面的掌櫃」兩句，便格外心有戚戚焉，頗能認同。而此詩若真具濃厚的自傳色彩，則當年十一、二歲的梅新，典當手錶時，看不見掌櫃，不知手錶當給了誰？便極有可能是真實經驗的具體鋪敘，而非出以虛擬想像。如此哀傷的寫實，不僅深刻、強烈地反映了他少小離家的辛酸，同時也凸顯了當時輾轉來台的少年兵的流離困境，正是含蓄十足而絕對典型的飄流文學與離散故事。因此，若以寫實而非虛擬角度解讀此詩，或許更能貼近詩人彼時的命運真實、生命現實，也更能彰顯詩人生當亂世、少小離家、無助無告的悲情吧！

除了以這三首意義深長、極具代表性的詩，來說明梅新擅於「無中生有」，逼視現實，生動操演主題外，余光中也另舉了諸如〈白楊〉、〈履歷表〉、〈今年生肖屬狗〉、〈說詩〉等作品，指出梅新詩的另兩大特色是，第一，他很少為意象而意象，「所以他的詩也很少晦澀」。至其意象，則往往出奇制勝，能「於無詩處捉出詩來」，令人耳目一新、情感深受震動。其二，梅新寫詩著力處通常「不在鍊字、鍊句，而在營篇」，所以其詩「雖少警句，卻多佳篇」，語言看似平淡，實則善用錯落有致的短句，來明快其節奏。余光中甚至以「長句如矛，短句如刀，超短句如鏢，勁而且準，乃成獨門暗器」——彷如武林秘笈口訣般的詩意句法，來強調其句勢精悍凌厲之力道，頗為推崇。而綜合如上所言詩藝特色，余光中對梅新《履歷表》詩集的總評乃是——其詩不僅堪傳，「且必傳之久遠」！

只是，可嘆的是，這樣一位詩藝老而愈醇的詩人，在現代詩的馬拉松長跑賽程裡，雖然「背上的號碼本來不算領先」，但由於企圖心使然，也或許由於「冥冥之中，竟像是預感到時不我予」吧！卻竟在最後，格外蓄足了馬力，加速超前，令眾人引領注目。但余光中卻也不免悵惘以問，大器晚成的梅新，是否就此「衝得太快了」呢？因為這位「加速超前」的詩人，到頭來「不但破了他詩藝的終點線」，還更失速越界，「破了他生命的大限」，從此一去不返！由於梅新生前曾擔任多種文學刊物編輯，所以余光中感慨：

梅新一向用截稿日期催人交卷，而今，他卻被另一個更武斷的截稿日期逼出來這本遺稿。

並且更以〈斷然截稿〉這令人怵然一驚的結論，做為其絕筆詩集的序文標題，一方面暗示了死亡絕對權威的武斷性，另方面也哀詩人愴然擱筆的無奈。詩壇寂寞，余光中說，若梅新「在病中能看到此文，想必會感到一些安慰」。只是這篇安慰詩人寂寞的文章，終究還是來遲了，令他感到愧疚。

綜觀全文，可說既顯現了一位詩壇盟友堪稱知音式的解讀評析，肯定其詩「必傳之久遠」；同時也踐履了今之季札不以生死改易的信諾。掛劍人語，真情流露，誠懇而別具洞見，梅新地下有知，想必當微笑展顏吧！

註：那是余光中在〈焚祭梁實秋先生〉一文中的句子。

——原刊於《中華日報》副刊，二〇〇四年五月七日
收錄於《悅讀余光中・散文卷》，爾雅出版社，二〇〇八年七月

編按：作者結集略有修正，以《悅讀余光中・散文卷》為憑準轉錄。

向明讀詩筆記
——梅新〈路過台北植物園〉

◆向明

路過台北植物園　梅新

有批荷花跑到岸上來
起初我還以為是
戴著小盤帽
來此遠足的小學生
他們圍在池塘邊
模仿賞花人
彎著腰
觀賞池塘內的人影

濁水裡的人影
皺摺的臉
有影而無五官
荷花說：好醜
所以他們決定回到池裡
不要讓那些人影
成為被觀賞者

——《中國時報》人間副刊，一九九五年十月三日

向明讀後留言

已故詩人馮至在他的《十四行集》第二十六首中有兩句詩道出了詩人對這個世界的一份期許，他說：「我們的身邊有多少事物／向我們要求新的發現」，馮至先生這份「愛烏及物，悲天憫人」的思想，道出了這世界萬事萬物都需要付與關懷，也都期待被發現。梅新似乎就一直在回應馮至這種「悲天憫人」的精神，不但獨具慧眼看到蓮池塘內荷花上岸、臨水鑑照自己的超現實畫面，更暗示出天下萬物眾生事實上都有思想、好惡、欲念，並非只有人是萬物之靈。梅新這種詠物及物的詩在他最後留下的《履歷表》詩集中比比皆是，每首詩都自出神奇，語言真誠樸實，不弄半點玄虛。

且看他的〈乾燥花〉一詩的前兩段：「為了奪冠／那朵牡丹／曾身懷卷尺／將身上的花瓣／足足拉長放大了一倍」；「為了爭妍／那朵雪蓮／曾問路到天山／坐在雪地上／取下花瓣／洗了再洗／洗至雪融為止」。牡丹與雪蓮均乃花中極品，為了奪冠，為了爭妍，總不惜想山想方設計將自己壯大，將自己洗練得玉潔冰清；然而這些花已是「乾燥花」了，都已不是光鮮亮麗的前生，只能有姿無色的，受過斷水、斷氧酷刑的懸掛於屋角等待慢慢的「風乾」。這是多麼無稽、無情的生之歷程。梅新在動情寫下這麼一首詩時，想必已看盡多少這種世間的無情疾苦，原不止於一束被風乾的牡丹或雪蓮罷！

梅新是我們軍系一輩出身的詩工作者中對詩最執著的一位詩人，他的作品不多，但首首都言之有物，絕不閒拋閒擲。他曾經說：「詩人是終身職，是永不退休的。我甚至堅信，每位盡忠職守的詩人，臨終時還會有未成篇的詩句，隨他的軀體埋入土中，有一天他們的骷髏成了化石，他們腦中的詩也會變成化石。」梅新一生工作成癡，常自嘲自己最大的弱點就是喜歡自我挑戰，喜歡做別人做不到、想不到的事。然而人是肉做的，那經得起他那種奮不顧身的耗損（據他的夫人張素貞教授告訴我，他已經病情嚴重只能留在病榻了，還偷偷溜出醫院跑回報社編輯室去處理一些事），終於只活到六十歲便離開人世了，未免太令人感到不可思議，他太不愛惜自己。梅新病歿於一九九七年十月十日，是日也是農曆重九登高日。

——原刊於《海星》詩刊第十三期，二〇一四年九月

賞月人語

◆龔華

已是中秋的季節，遍山的芒草又白了陽明山頭，於是想起梅新老師您那首〈觀芒記〉來。這一首詩發表於一九九五年一月二十五日；詩作背景應屬之前的秋天。我願讓人們再一次聆聽您那動人的詩語：

一山的芒草
承載著一山的風
上山看芒草
也聽風

風很大
芒很柔
一山的芒草
閃耀著
一山的秋陽

猶記得在「聯副」上看到這首詩後某日，與老師談詩，我對您說我也常寫詩自娛，但是別人的詩我常看不懂。我感覺到您這首詩很美，您能否為我解釋，這麼美的意境背後是在訴說什麼？當時，您沒有說什麼大道理，只眨巴著眼，用一貫平實、低調的聲音說：「你寫你的，管別人做什麼！多觀察，多體會，多寫，你自然可以寫出好詩來。」

又記起老師您住院時，某日早晨我去探望，只見您躺臥床上，望向窗外說：看那一大片青山，要能去走走，一定很過癮。隔日，再去看您時，您露出一副天真稚氣的笑容，指著球鞋說，一早趁護士小姐不注意，已「溜跑」出去爬過山了。我順著您的手勢往窗邊看，雄踞天邊的山，正覆蓋著起伏的綠浪，而隱形的風，也正在此時掠過我心頭。那一切，竟忽然全都停駐在窗櫺上，酷似一幅畫，還鑲了框。

多觀察，多體會……，我竟然在那樣的一剎那間，領悟到您先前所說的話。詩中有畫，詩中也有「化」，您的〈觀芒記〉，似乎正隱喻了天地中的陽剛與陰柔。奔嘯的山風，迎風飄搖的芒草，以柔克剛，剛柔並濟……。那股靈動的氣息，川流在您的詩裡。真的，詩哪能像翻譯那樣硬邦邦解說給人聽的！

也許平日工作繁忙，老師您特別珍惜戶外活動的機會。據「中副」現任主編林黛嫚說，去年中秋節，您原本計畫邀請「中副」全體同仁一起上陽明山擎天崗觀芒、賞月。我可以想像：在您的腦海之中，那徜徉在月光奔灑的青青草原上，和一望無際的星空做心靈交會的一幕，何等令您神往。而在秋陽已落之際，承載山風的芒草飄著銀穗，轉而閃耀著一山的月光時分，又何等令人心弦迴盪；原本就情感豐富又具充沛想像力的詩人，當真在浩瀚壯闊的月空下馳騁心神，又不知能為詩人如您增添多少奇幻、曼妙的靈思！

未料曾幾何時，原本皎好的明月為之蒙上層層烏雲，月光之旅也隨之幻化成為詩人永遠無法實現的夢想，命運的惡神正悄悄降臨。梅新老師，您早在民國七十一年《現代詩》復刊後的第二期季刊中發表過的題為〈賞月人〉的詩，竟有意無意、如影隨形，適巧成了您為自己身後所做的月下投影。您說：

我要將我的
骨灰
撒在月球上

明天
你們將會說
今夜的月亮分外明
那是
我的骨灰
在發亮
我要將我的
骨灰
撒在
地球上
以月光

去年十月十日老師仙逝，於十一月一日他們將您的身軀火化。至今，整整一年來，每讀這首〈賞月人〉，似乎仍然聽得見您的聲音在星空裡迴盪，眼前似乎總也無法除卻月光下您那英挺俊秀的身影。如今，縱使月披黑紗，依然可見的是「今夜的月亮分外明」。我終能體會，早在那時，您就不畏艱難，懷著一身傲骨，以堅持為信念，以「但開風氣不為師」為座右銘，為人所不敢為，強勢推動著文學，不吝提攜後進，終至鞠躬盡瘁。您慷慨的拋撒骨灰，以熱力照亮文學路上之時，我亦蒙受恩澤。為此，我曾輓詩：

今夜的月亮分外明
因為
您已將您的骨灰
撒在我們的眼球上

這首小詩，雖然不起眼的寫在我為您製作的紀念專輯錄影片上當做片尾，但那並不是結束；從此，您我都成了永遠的「賞月人」，不同的是您仍繼續發著光亮，而我則含淚望月，永懷感念。

——原刊於《中華日報》副刊，一九九八年十月二十三日

請勿將頭手伸出窗外：送別商禽（節錄）

◆汪仁玠

六月二十七日，在「夢或者黎明」之間的凌晨，商公離開我們了。巧不巧？兩千兩百八十八年前這天，是詩人屈原投汨羅江的日子。

在台灣現代詩壇中，我有兩位亦師亦友的「酒友」——梅新跟商禽。一九八六年我從軍中退伍，進入《國文天地》月刊擔任編輯。當時《國文天地》社長是梅新，商禽則因為與梅新熟稔，常往位在重慶南路、衡陽路口的雜誌社「詩混」。由於我剛獲得時報文學獎新詩首獎，很快便與商公成了忘年之交。

那還是個有詩的年代，也是個詩還有熱情與堅持的年代。梅新、商公、羅行、羊令野……一干現代派大將，正汲汲營營於一場陽謀，要復刊《現代詩》。剛巧，零雨是《國文天地》副總編輯，加上年輕一輩的克華跟我，就想這麼幹一番轟轟烈烈的大事業。

梅新除了《國文天地》社長的工作之外，還維持著《聯合文學》的差事。每回我陪著梅新從衡陽路去忠孝東路五段，離開《聯合文學》之後，總會在附近的江浙館吃上一頓晚餐。梅新不太喝酒，但總會點上兩瓶啤酒。

有回我終於忍不住狐疑問他：「你又不喝，幹嘛點酒？」梅新的答案很絕：「我喜歡看你喝酒。」

因為《現代詩》的機緣，我得以在商公引薦下，進入《時報周刊》擔任編輯。當時《時報周刊》發行人簡公很喜歡用作家、特別是詩人當編輯，我坐上編輯檯之後發現，除了阿盛是散文家之外，其他盡為詩人。

經常下了班，商公總會祭出酒令，「沙笛，吃宵夜去！」同樣的，幾次之後我的問題又來了，「商公，你就喝那麼一點？都我在喝。」「我喜歡看你喝酒！」——梅新如此，商公亦然，標準的現代派答案乎？

多年前，梅新已逝；如今，商公往矣！兩位現代派巨擘，兩位「酒友」，回顧時光隧道的所來徑，如何不讓人離騷滿懷！

商公曾經用「我判定自己是一個『快樂想像缺乏症』的患者」，表達自己的詩觀，他說：「是不是我自己缺乏了對於『快樂』的想像力呢？即使一個人在他早年沒有『快樂』這種東西，但做為一個『詩人』一個『藝術家』，他也該憑想像而獲取，我們不是常說：『沒有吃過豬肉，也看過豬走路』的話嗎？」

「快樂想像缺乏症」是商公自招致之，但難得的是，「我不去恨。我的詩中沒有恨」，這是商公自己下的生命註腳，我們這些老友、晚輩，與商公相知相惜多年，也做如是觀、如是想。

講個商公告訴我的真實笑話。他在美國愛荷華大學當駐校作家那兩年，有次匆匆搭上一班公車，司機對他的姍姍來遲稍許不悅，順口說了一句「Hey boy!」那只是司機的口頭禪，沒想到商公卻正經八百地糾正司機：「I am a man, not a boy.」

商公，這次您搭乘早班車要往何處？是愁予的「夢土上」、紀弦的「終南山下」或者林泠的「四方城」呢？

記得，「請勿將頭手伸出窗外（摘自商公〈夢或者黎明〉一詩）」。

——原刊於《大眾時代》，二〇一〇年六月三十日

輯二　寄懷

寄梅新

◆方思

初秋的時候，聽說你患病，就想寫信給你。但信尚未寫，你已走了。是十月十日。走得實在猝然。我悵然久之。想來想去，覺得還是要寫信給你。

今年二月，你由台北來電話，有事相問，還談起我的詩。當時有寄稿之約。但我因事因病，遲遲方寄。現知稿達之時，你已病重。實在不該麻煩你與你的同工了。

你接編《中央日報》副刊，副刊即有起色。後來連得四屆金鼎獎。我想你編副刊一定是全力以赴的，你自己應相當滿意。

一九八二年七月三十一日，你寫信給我，說：「因忙，使我無法專心創作，這是我常感苦惱之處。」同年九月二日你又寫信，說：「二十年來，我生活得很艱苦，退伍、念書、覓工作。初見您時，是二十來歲的小伙子，現在已需要老花眼鏡幫助才能看報寫信了。」同年十二月二十四日的信中，你寫著：「人的一生實在寫不到幾首詩，寫了二十多年的詩，只有這點成績，對自己也難以交代。」當時你已出版二本詩集，《再生的樹》（一九七〇年）與《椅子》（一九七九年）。這以後你還有詩集，《梅新自選集》（一九八五年）、《家鄉的女人》（一九九二年）與《梅新詩選》（一九九三年）以及散文集等其他著作。希望你還愜意。你一向以寫詩為專志，不改詩人本色。其實人們都在為謀生而耗費大半光陰。真正從事一己所喜愛的，反而時間甚微。你我亦不例外罷。

你那時編《復刊現代詩》，來信說：「我個人卻有意使它成為『現代詩的實驗室』，使將來很多進入文學史的劃時代的作品，都是經由我們這個『實驗室』實驗成功，再移植到其他大眾刊物，如副刊等。」（一九八二年七月三十一日信）你接著就說：「可是『實驗室』需要有良好的土壤，詩刊的土壤，無非是翻譯西方現代詩的經典作，以及嚴肅的批評，與有成就的詩人不斷創新的精神。」你編詩刊的抱負與灼見，由此可知。

你又要我創作、譯詩、寫散文、評論等等。你在一信中說：「為了中國現代詩的前途，您應該多做些建設性的工作。」（一九八二年九月二十五日信）我深感你期待之殷，而愧無以為應。我亦忙於生活，不易執筆呢。

想起來，你我僅有三面之緣。第一次在台北，三葉莊咖啡屋。大概是一九五六年，後來你寫了篇文章〈念方思〉，描述當時情景。此文發表於《南北笛季刊》第二期（一九六七年六月出版）。開始說：「沒有新人可懷念，只好去懷念舊人。」文中先後提及亞汀、柏谷與覃子豪。他們亦是我熟識的詩友，已先後早你走了。你說將我的詩集《夜》翻讀得「書皮早已脫落，內頁也變得黃黃的了。」我自有知音之感。

在一九八二年七月三十一日的信中，你曾說：「您的詩文我一直都很喜歡。因此，不僅常懷念您，且希望再見您。」

我們終於又見了面。是你初次來美，到紐約。我邀你午餐，在曼哈頓勿街一家所謂的湖南館子。我覺得你的心情很愉快，當時你接編《中央日報》副刊不久，一切順遂。我也為你高興。

一九九五年八月，你來紐約。借哥倫比亞大學的肯特堂（Kent Hall），第四〇一室，你約集多位作家、學者，座談「文學與土壤」。與會者有琦君、彭邦楨、周策縱、唐德剛、夏志清、王藍、王鼎鈞、叢甦、王渝、李渝、宋淑萍等，我亦在座，是在八月十七日下午。會後你在附近一家名「湖南酒家」的餐館設宴二桌。你就坐在我的左邊。你的左邊是你的女公子光霽。你又說起當年。我問光霽，知在芝加哥大學研讀社會學。我提到派克（Park），美國社會學芝加哥派的領袖之一，與寇茨（Kurtz）寫的《評價芝加哥派社會學》。又與光霽談起芝加哥優美的林肯公園區，她當時就住在那裡。這就是你我晤面的第三次。

人生是聚少離多。即使親生兄弟，相見豈是容易。你懷念舊人，我感你這分心情。好多台灣老友，昔年一別，就未再見面。而詩人如覃子豪、李莎、亞汀、羊令野與柏谷，竟已都走了。所以，在紐約你我又相晤兩次，亦是有緣。值得珍惜。

你寫詩〈風景〉，頗得佳評，收入詩選不止一種。詩中所流露的，想是你的本色，與從事編輯本位工作所施展的，自是不同。此詩想係你自己喜愛的一首。正好我最後寄你的詩〈季節〉，內裡亦有風景：任其自然，我感覺富饒／這風景長駐心中。不論明日入山的那位，是否唯一的遊客；梅新，你走了；願你「任其自然……有豐裕的生命」。

——原刊於《中國時報》人間副刊，一九九八年一月二十三日

五天連喪兩好友

——悼歐陽冠玉與梅新

◆尹雪曼

十月，原來是一個歡欣鼓舞的月份：它不僅是中華民國誕生的月份，也是老總統誕辰的月份；更是台灣這個寶島淪落異邦五十年，重回祖國懷抱的月份！但是，今年的十月，在這一連串值得歡欣鼓舞的事件之前，我卻遭到十分意外的，兩件重重的「打擊」：一是十月六日，相知近五十年的好友——歐陽醇先生的過世；一是十月十日，《中央日報》副刊主任、詩人梅新兄的遽歸道山。

他們二人的「走」，對我來說不僅十分突然，十分意外；更令我感到無限遺憾的，乃是未能跟他二人見最後一面。九月二十九日那天，我從《中央日報》上獲知歐陽醇兄病重；好不容易連絡到夏龢女士，她要我不要去醫院探望；因為住在加護病房的人是不能「會客」的。再加上，夏女士說，當時的冠玉兄仍在「熟睡」中，見到面也不能交談。因而，我就沒去，沒跟歐陽兄見最後一面。現在回想起來，雖然十分遺憾，但事實如此，也無可奈何。至於梅新兄，由於平日聯繫不夠頻繁，對他的病情，更是隔閡。有關他最後在世的情形，我都是從報端得知；未能與他見最後一面，更不必細說了。

認識梅新是在民國五十年代，當時的文復會出版一份《中華文化復興月刊》，由於原來負責編務的副祕書長胡一貫先生太忙，於是，便請了在台大教書的逯耀東先生來主持編務。而與逯先生一起來工作的，便是梅新。只是，我個人當時也很忙，單是文復會文藝研究促進會的工作，已夠我忙得團團轉；所以，壓根兒沒有接觸過文化復興月刊的事務；因而，也不曾與逯先生、梅新打交道。當時，大家只是同事罷了。只是，大概就在此時吧，梅新基於熱愛，把徐志摩早年在大陸出版的《新月月刊》全部影印出來，曾引起一些閒話。不過，我也不曾詳細過問。

後來，離開了文復會，梅新轉入報社與正中書局工作，我跟他更少聯絡。但是，當他進入《中央日報》，好像他才轉入生命中的轉捩點！主編《中央日報》副刊，使他如魚得水，長才大展。民國八十二年春，我籌組了第一個訪問大陸作家的台灣作家訪問團——「兩岸文藝交流訪問團」，到北京、西安、杭州、上海去訪問，便邀梅新同行。一路上，他十分活躍，到處約稿，建立關係；為《中央日報》副刊擴大視野、廣闢稿源致力。他工作十分積極，也十分辛苦；但，表現也是十分卓越；為他帶來不少的榮譽與讚美。朋友們看了，都十分地為他高興。

這個時候，我仍然不常與他會面：主要原因，一是大家都忙，二是工作範圍不同。只是，偶爾他會邀我去中央日報大樓下喝咖啡；可是，我也未去。他好像很喜歡咖啡，而我，則怕失眠。所以，能避免就盡量避免。現在回想起來，相當遺憾。

他雖是詩人，但是，卻沒有一般詩人的傲氣；而且，我還感到他相當的「傳統」。譬如，他對較他虛長約二十歲的我，即相當「客氣」。畫家趙二呆過世，由於是我大學的同班同學，我忽然「詩」興大發，寫了一首小詩，寄給梅新，存心「班門弄斧」一番，看看「及不及格」；結果，他一句話不說，給我發表了；使我一時喜出望外。後來，一位我教過的女學生要結婚了，我又「詩」興萌生，再寫一首小詩給他。過了幾天，他給我退了回來；卻附了一封信，說，希望我給「中副」另寫一篇什麼什麼……。由此足見他宅心仁厚，不讓我失望與難過。這，雖是小事，卻代表一個人的天性與素養。細想起來，令人懷念不置。

雙十節過後，從報紙上意外得知梅新十日過世了；一下子，驚呆得有點兒說不出話來。過了好久，才無限感傷地給張素貞女士撥了通電話，表示我的悲悼與未見梅新最後一面的遺憾。前些年，我曾與張女士同時參加一個學術討論會，對她的淵博，印象深刻。我覺得她與梅新這麼一對夫婦，兩人都是那麼熱愛文學，那麼努力與奮發，實在是十分難得的「神仙眷侶」！可惜，老天爺竟忍心把他們拆散！

我，何其不幸，五天內（十月六日至十日）連喪兩位好友：報人歐陽冠玉先生與詩人梅新先生。我有什麼「錯」啊？老天爺竟對我做如是的懲處。

——原刊於《台灣新聞報》，一九九七年十一月二十四日

春日登高憶舊遊

◆高大鵬

忘了打哪年開始，每到春來，我總要登上台北圓山之頂獨自一遊，久之自成一種慣例。就像古昔泰山封禪，儼然乎一純個人性質的迎春儀式。獨立小山，風雲四起，俯仰天地，山川映發，一杖在手，萬象在旁！上與造物者遊，而下與無窮盡的山河歲月為友！人就在仰觀俯察無遠弗屆的高空鳥瞰中，送走舊歲，迎進新年！

金碧輝煌的圓山牌樓，迎風招展的獵獵旌旗，崔嵬壯麗的唐宮漢殿，山節藻棁的畫棟雕樑，這一切的一切合成一個神靈活現的龍頭，巍巍然鎮守著這一衣帶水、層層疊翠的台北盆地，以高屋建瓴之勢守護這群山環抱的千家樓台、萬家燈火！居高臨下，極目天涯，真是心隨長風去，吹散萬里雲！而雲中時有隆隆作響的飛機或低空掠過或穿雲而去，起起落落之間似有巨靈之神鼓其垂天之翼，承載著我的心摶扶搖而上九萬里，直向雲海深處一探宇宙的真宰、造化的無窮！

這樣的壯懷逸興，這樣的萬丈豪情，這樣的誇誕自恣，這樣的顧盼自雄——這便是我跨年的

「封禪」大典，這便是我迎春的祈福儀式——這無人承認的大典、無人參與的儀式，其之於我，卻是自得其樂且樂此不疲地年年為之。小立山頭，放眼四顧，但見松風對我嘯，山花對我笑，青山將我抱，煙霞將我繞，白雲邀我同遊四海，長風送我上雲霄。幕天席地，坐擁瓊樓，頓覺萬物一體，天地並生，人間至樂，孰過於此？仰觀俯察終宇宙，雖南面而王不與也！

然而，今年開春，儘管我依然登山「封禪」，迎春接福，但心情卻與往年大不相同。儘管風和日麗，春色無邊，我的心裡卻陰霾密布，滿目蕭然！低徊在崔嵬的牌樓下，徬徨在壯麗的殿宇間，獵獵旌旗徒亂人意，落花池閣益增感傷。我在畫壁精奇間尋尋覓覓，而昔日攜手同遊的故人早已化作畫中相對無言的古人！獨自憑欄，江山無限，但倚遍欄杆，斯人何在？仰觀飛閣流丹，俯眺金碧山水，真個是雕欄玉砌今猶在，只是朱顏改！踽踽獨行在後山小徑之間，我驀地憶起胡適的一首小詩，詩是這麼寫的：

山下緣叢中，露出飛簷一角，
驚起當年舊夢，淚向心頭落！
對他高唱舊時歌，聲苦無人懂，
我不是高歌，只是重溫舊夢！

我不知道胡適這首詩是為誰寫的？但總不外是個老友甚至知交吧！看來這老友是能詩的，這知交是個能歌的。當曲終人不見、舞罷玉樓空，一角飛簷勾起情思無限，山下綠叢更埋葬下舊夢無數！紀念老友惟詠老歌，緬懷故人獨自淚落！而歌聲之苦舉世無人能解，懷人之淚也惟向心頭落去！我讀胡先生的詩越三十年了，直到三十年後的今天才算讀懂此詩。正是：余亦能高詠，斯人不可聞！而臨風懷想，淚灑雲天，也正是在這山下綠叢中，飛簷一角處，萬壑松風裡，無人獨見時！

胡適所追懷的不知是不是一位吟者？但我所思念的確實是位詩人，這位詩人就是才過世不久的梅新先生。梅新先前也研究過胡適，也仰慕其為人，為此他寫出了《憂國淑世與寫實創新》這本書，書中探討的三位詩人——龔定庵、黃遵憲和胡適之，恰好也是我所心儀的開風氣人物。而尤其巧合的是，他這本論文正好是十五年前我在《中國時報》供職時為他校對出版的，如今翻翻那出版日期，竟然是十五年前的元旦，也就是我年年登山「封禪」，迎春接福之日。時間上的巧合，令人感到彷彿有一隻看不見的手在冥冥中安排人世間的一切生死聚散、悲歡離合！

猶記十五年前他來報社交稿，滿面春風，一團和氣，當時初出茅廬的我有眼不識泰山，居然脫口稱呼他「梅先生」！而長我越十五歲的他聞言只是不住地眨眼不住地笑，乍見這樣頻繁的眨眼開懷的笑，倒真像一樹梅花迎風舞，擠眉弄眼笑翻天！這位面帶諧趣的詩人給我留下極為新鮮的印象，彷彿老樹新枝上開滿了愛眨眼的朵朵梅花，倒也是人世間十分醒目的一個奇景！以後每次想到他就想到陸游的詩：「何處化得身千億，一樹梅花一放翁！」我相信，雅愛梅花的「梅先生」也會喜歡這首梅花詩的。

悠悠十五年過去，「梅」先生真是持續不斷地開了不少梅花寫了不少詩，從這些蒼涼低調的詩裡，我才發覺他的眨眼非關開心，他梅樹的根柢下盡是憂患與鄉愁！在他眨眼逗笑的背後有無限滄桑的身世，在他寫實創新的底層裡更有一片憂國淑世的悲懷。故鄉的山水、家鄉的女人、少年兵的流亡歲月、覺來無處追尋的夢中慈顏，這些「履歷」都點點滴滴匯聚成他寫詩的燃料，不捨晝夜地淬煉出梅花點點的「再生之樹」！雖然如此，個人的悲情並沒有挫折他對大我的奉獻，他馬不停蹄地編報紙、辦雜誌、搞出版、寫新詩！另外還要四處奔波教書授課，一枝蠟燭兩頭燒，最後終於為一個副刊而鞠躬盡瘁！先是「長河」，後是「大千」——多少次我看見他在長江大河中濯足萬里，多少次我夢見他在大千世界裡展翅遨翔！料十五年後大江已截流，孰與斯人同濯足？俯仰大千依舊在，又誰伴斯人數繁星！

振衣千仞岡，濯足萬里流——這個氣派他是有的。海風吹不斷，雲垂大鵬飄！這個胸襟他也不缺。正因為他有此胸襟和氣派，我們的交情才不致因為人事安排上一時的差池而受到影響。在報社共事時雖大小爭吵不斷，面紅耳赤至於摔煙灰缸等節目也時常演出，開會時拍桌子對罵的場面則更是家常便飯。然而，他身上總有一點什麼在吸引著我，正如在我身上也像有點什麼讓他牽掛。這點所謂「什麼」，大概就是文人的氣質、詩人的情懷和無以名之的某種對古典文化的鄉愁吧！這些無以名之的「什麼」如千絲萬縷把我們繫在一起，穿越十五年的風雨歲月而終能化「敵」為友，雖死亡的快刀也不能切斷這一直流向永恆而去的生之潺愁……。

最難忘那年在圓山飯店召開兩岸四十年來文學研討會時，我們也躋身在兩岸三地的濟濟多士之中。然而，那天場面雖熱鬧非凡，他的神情卻顯得有些落寞。不知是心中有詩在苦吟醞釀？還是八方風雨喚起了他久蟄的鄉愁？他悄悄拉我離開會場，漫無目的地在華燈高照、畫壁精奇的大殿裡繞行了一圈，然後在一片巨幅的金碧山水下並肩坐定。琉璃燈下他顯得面色凝重，若有所思，全然不是我初見他時眨眼逗笑的喜劇面孔。在五龍踞頂的俯視下，在燭影搖紅的掩映中，古代變近了，現代變遠了，而詩人變得嚴肅了。時間彷彿也停下了腳步，摒住了呼吸，看五千年歷史彷彿正魚貫地穿過這雕欄玉砌的九曲迴廊，山節藻梲的斗拱巨柱，在無數浴火鳳凰振翅欲飛引吭齊鳴的簇擁下，一步步登上了紅氈鋪地的玉階丹墀，轉瞬間化作了青銅壁雕的「九天閶闔開宮殿，萬國衣冠拜冕旒」的宏大異象！唐耶？漢耶？我們無從分辨，面對這不知是過去抑是未來的盛世幻影，沉浸在這歷史宏大的異象當中，我們沒說一句話，但相對無言中，卻似說盡了前世今生的千言萬語……。

圓山一別後，我們便無緣再見了！我一病四載，終年不見天日，與外界完全斷絕，和「梅先生」也不再有聚首的機會。換言之，圓山大殿裡那次無言的對坐、無聲的傾談，便是我們今生今世最後的把晤了！金碧的山水下，古雅的宮燈旁，一個真醉，一個佯狂，但覺花落如雨、人淡如菊。就在包圍著鳳閣龍樓連霄漢的萬壑松風中，我們不知不覺地化入了煙波渺渺的古典鄉愁和驚濤滾滾的歷史長河中渾然忘我！放眼雨絲風片、煙波畫船，彷彿渡過了生死彼岸的洪濤綠波，在上下天光、一碧萬頃的天風海雨中，再不須相濡以沫，且儘可以相忘於江湖去也！

是的，相濡以沫不如相忘於江湖！我的沉痾才稍有起色，而「梅先生」那邊卻一病不起！茂陵秋雨，兩不相聞！詎料十月的鬼雨遽爾摧下了一樹的紅梅！這步履如風的歌者終於步入了縷縷如歌的風中！狄倫湯默斯詠死詩曰：「不要溫馴地投入那溫柔的夜，要發憤且激狂，向那漸漸消逝的飛光！」然而，沉潛在溫柔敦厚的古典詩教下，「梅先生」既無須發憤更不待激狂，他的詩從八方來也向八方去，八方風雨會中州，滿天紅梅照宇宙！做為一個詩人，這，儘夠了！

我為「梅先生」所寫的最後一篇文字是〈蘇東坡的除夕詩〉，不料這千年前一個除夕思歸的詩竟把詩人投進了無盡長的春夜與溪流……，我們的「梅先生」就此飛渡過歷史的長河，與蘇子把臂同遊赤壁去也！俯仰古今，上下千載，東坡的手蹟宛然猶在，而暗香疏影裡已不見了吹笛到天明的那人！今年開春，我仍要登上圓山舉行我迎新送舊的春之祭典。但與往年都大不相同的是：今春，我既是上山憑眺，更是上山憑弔——憑眺那山下綠叢中曾與故人攜手同遊的飛簷一角，憑弔那飛簷一角處隨風飛逝的萬點梅花！

——原刊於《中國時報》人間副刊，一九九八年二月八日

詩人之死

◆侯吉諒

一個詩人死了，讓許多許多人非常驚訝的死了。

死了一個詩人，本來不會是什麼引人注意的事。我們的社會充滿太多暴力與血腥，政治鬥爭的風波以及搶劫殺人的案件早已把我們的耳目弄麻木了，死了一個詩人而已，有什麼好大驚小怪的呢。

還是有，至少，死去的詩人的詩人朋友們都驚覺，死神的魔力正向他們曾經年輕、草莽、而至今仍然有許多熱情的生命快速逼進。

看著為紀念死去的詩人特別製作的副刊，詩人的詩人朋友、過去的同事、敵人，以及敵人兼朋友，不禁感慨的說，「到了我們這個年紀啊，可是死了一個就少一個了。」

什麼意思我不太明白，也無意追問。但我知道，其實更深刻的話並沒有說出來——死去的詩人生命非常強旺，在他們那一群軍中出來的詩人朋友中，無論創作或工作，長期以來，他曾經都只是一個比較不起眼的角色。可是就在朋友們一個個從工作崗位上退休、安穩的享受早年的創作帶來的地位的時候，他卻重新投入戰場，從一個已經失去群眾魄力的報紙副刊開始，奇蹟似的開創了他生命的第二春。奇怪的是他的詩，「好像」也因此變得比較重要了，以前大家都只說他是詩人，但很少談他的詩。他也漸漸有了重要作家和重要主編的架勢，溫文而沉穩的出現在各種文藝場合。

然後他就突然的過世了，突然到朋友們聽說他生病住院了，想要找個時間去看他的念頭都還沒敲定心意的，就聽說他已經過去。他的大部分朋友們似乎都來不及去看他，可能是，因為他從來就沒有那麼重要過。即使這些年來他的成績漸漸發光，但他的朋友們個個都在詩壇上各擅勝場慣了，也許都還覺得他還沒那麼重要，所以即使知道他生病了，也並不急著去看他，當然，更重要是，沒有人會想到一個生命力如此強旺的人會突然就這麼沒有了。

這些年來，台灣的文藝環境急速惡化，主持各報文藝副刊的詩人們在理想與現實之間多少顯然捉襟見肘，「聽說」報社的老闆們都不喜歡讀詩，所以詩人們編的副刊漸漸也就不太刊詩了。以前報禁還沒開放的時候，副刊是唯一可以表現與眾不同的地方，創意往往別出心裁的詩人們著實過了一段呼風喚雨的日子，報紙增張以後，各類靜態版面分割了副刊的獨特性，加上視聽媒體的快速普及，年輕人漸漸被帶離了閱讀的世界，文藝副刊忽然變成不受重視的版面，許多新出的報紙更乾脆裁掉副刊，一時之間，不但文學岌岌可危，副刊存在的必要性也變得搖搖欲墜，編副刊的詩人們拚命想設法在編輯企劃上玩各種花樣吸引讀者，以前的文學聖地因而被開發成濃妝豔抹的大雜燴，然而，副刊的地位依舊在危險邊緣掙扎。在副刊工作的詩人們大都有一個說不出來的憂慮，也許，真有那麼一天，副刊就忽然在報社老闆們的默契下一起消失了。

只有他，配合著黨政機器的需要和指揮，一點也不臉紅的不時刊登一些教人不知如何反應的吹捧政要的文章，同時，卻也把一篇一篇主流媒體不用的詩文小說端出來，「副刊」得非常理直氣壯。不僅別人玩的花樣他也玩，別人做不到的，比如在報社門口開一家可能肯定賠錢的咖啡屋，他也竟然做到了。

正因為如此，所以他的太早過世也教我吃驚。如果多一些像這樣的人，懂得在嚴苛的現實中鑽營一些生存之道，而不像其他的詩人們，沉醉在過往的榮光之中，抱著已成灰燼的淺薄創意浪費熱情，或許我們的文藝環境並不至於如此讓人處處覺得危機重重的吧。

他那一輩的詩人們是可愛的，他們對詩對文藝的熱情常常有一種令人敬佩的執著，也因為這種執著使得他們在人生的旅途中無論如何起伏，大家終究可以是一個朋友。他們的恩恩怨怨其實並不會太少，奇妙的是在個人的恩怨中卻也不損大家對文學的同樣的熱愛，也因而凝聚了一股讓人難以形容的力量。他們吵歸吵，鬧歸鬧，可是一樣到處想辦法找出版社贊助和向政府單位要錢組詩社、辦詩刊、搞活動、出詩選、贈詩獎，不時出些小點子把詩壇弄得熱呼呼的，讓詩人和社會都沒能忘記詩的存在。

相對來說，在他們之後的詩人們似乎都寡情許多，同樣在文學的道路上行走，卻再也很難看到他們那一輩所共同展現的群體的力量，後來的詩人繼承了副刊的編輯位置，可是大家已經是各行其是、各找出路，不太有什麼勇氣去經營一個「可以讀詩、寫詩和刊詩」的環境，至少，以前的詩人們會告訴他的朋友，有什麼詩就拿來吧，不敢說馬上登，機會總是有的。現在不同了，現在的詩人編輯不會開口要他的詩人朋友寄詩來，如有邀稿，一定也不會是詩，文章最好也是短短的，「因為現在的人忙，不厭煩看太長的東西」。這也不是沒有道理，報紙的經營者的確有他們的考慮角度，社會大環境也的確有著不同的變異，然而，這些都是詩和詩人的責任嗎？為什麼詩人要把這樣的責任往自己和「詩人」、「詩」的頭上套呢？

詩人在詩的面前不再理直氣壯，理由總說是時代不一樣了，沒人看詩了。我卻總認為，以前的詩又有多少人看、詩集又有多少人買了？

詩其實從來沒有被冷落過，因為，詩從來也就有熱絡過。不同的是以前的詩人對詩的熱情讓人無法忽視，而且也用他們的作品感染影響了那麼多後來的詩人。

可惜的是，後來的詩人不知怎麼，就讓詩先死在自己的心裡了。這一點，或許不是那位已經死去的詩人所想像得到的吧。而一個詩人肉體之死亡，竟然讓我意識一代詩人的精神滅亡，實在也是令人傷感、難過。

——收錄於《那天晚上的雨聲》，麥田出版社，一九九九年十月

也獻一枚花環

——憶梅新先生

◆嚴歌苓

十月三十一日，我應馬來西亞的《星洲日報》邀請，到吉隆坡擔任「花踪文學獎」的評審。飛機上坐了十多小時，又在台北機場轉機，到了吉隆坡粗粗一算，整個行程已二十四、五個小時之久。然後便直接進入決審會場：評說、投票、爭論、表決。都完成了，已是晚上九點，滿頭仍轟鳴著飛機的嗡噜聲，晝與夜在我主觀感覺中，是翻了好幾個斛斗的。總算坐在了飯桌上，那是三十多小時來的第一頓真正的晚餐。喝了幾口透心芳香的鮮椰子汁，始終懸在空中的饑餓感和倦意才開始在我身心著陸。同桌的人都倦倦的，唯有《星洲日報》的主編蕭依釗，還是緊緊地上著發條，周到細微地照應著每一個人。這時，鄰座的張錯忽然提到梅新。我是知道梅新先生正在生病，住進了醫院，我一直做著到了台北馬上去探望他的打算，然而張錯卻告訴我：「梅新已過世了。」我盯了他半晌，他只得把這消息又說了一遍。這一遍是添了確切時間、地點的。

我念叨著「怎麼可能？」之類的話，心裡卻很明白，正是像梅新先生那樣生命力飽滿的人，會在某一天倉促長辭。八月份，我的母親也是這樣匆匆走的。這樣的生命如燈炬，要麼就通明的亮，要麼就徹底熄去。

我就那麼坐在餐桌邊，偶爾以筷子遞一、兩口食物到嘴裡，卻嚼不出葷素。八年前，我和梅新先生是以書信結識的。那時我在「中副」上發表了〈栗色頭髮〉、〈我不是精靈〉等短篇小說，他總是每每來信鼓勵，雖是短語三、五行，熱情與真誠卻飽和其中。那是我剛到美國最艱難的日子，每天上學、打工，芝加哥大而冷漠，常在撲面的飛雪裡橫跨十個街口，從打工的餐館奔到學校，時而感覺做烈士的豪壯。而烈士都是有虔誠信仰的，我卻正處於所有信仰都被粉碎的時期；婚姻的、愛情的、政治的，一切。無信仰而做烈士，剩的就只有純粹的孤苦。每回只是在收到梅新先生的信時，心裡才感到世界不全然是荒涼。梅新先生每回都親筆寫信給我，通知我哪篇小說被採用。他的語言是詩人式的，有股很大的歡樂在裡面。他對我作品的讚揚，也是毫無保留的。

在一九九〇年深秋的一個清晨，我的室友被電話鈴驚醒，說有台灣長途來，找我的。我已在電腦前寫英文作業，膝上蓋著毛毯。我將電話湊近耳朵，遲疑地「哈囉」一聲。裡面是個陌生嗓音，卻是不陌生的江浙言語。說了幾句話，他才介紹自己道：「我是《中央日報》的梅新！」我急忙「哦！哦」的應答。梅新先生口氣殷切亦急切，說：「我們設立了一項文學獎，你來參加好不好？我覺得你很有希望！……」我不記得自己說了些什麼，但對此一番熱情昂揚的激勵，我是唯恐辜負的。那個時期，我自視為一名失敗者，於婚姻，於寫作，於戀愛，都是最不得要領的時候。人在這樣的時期，是把自己很看低的。我於是覺得，文學獎是距我遙遠的東西。梅新先生在電話中又高一個調門，對我說：「這個獎你一定要爭取，啊？」
現在想想，要是沒有梅新先生那麼猛力一推，我或許不會就此振奮。
從一九九一年的暑假開始，我每天寫作五、六個小時。打工一整天，回到家整個人的神志和思維都是極度渙散的。即便煮杯深黑的咖啡，也難將自己強捺到寫字檯上。當時我住在芝加哥近郊，夏天夜晚的街上，不時有喝了啤酒大聲笑鬧的學生們從我窗下走過。芝加哥的夏天是很徹底、很絕對的夏天，連乞丐也有份的。而我還照常打工、寫作。每天寫到夜裡一點，濃咖啡似乎正在勁頭上，但我又必須擱筆去睡，第二天一早要去打工。就是那段時間，我似乎每星期寫出一個短篇小說，直到寫出〈少女小漁〉。
〈少女小漁〉得獎的消息也是梅新先生寫信告訴我的。此後我和梅新先生每月總有一次書信往來，漸漸也談成了熟朋友。我從他送我的詩集中隱約讀到他的身世。我當時已搬到加州，住在舊金山遠郊的一個小公寓裡。那是極隔絕的一種居住形式，近鄰們都巧妙地維護自己的孤寂而絕不打破別人的孤寂。我就從那時候起跟梅新先生談起自己對第二次婚姻的憂慮。不久收到回信。梅新先生在信中是一如既往的樂觀、熱忱，叫我不要永遠養舊傷，「要聽從新的愛情的召喚」。
一九九二年，我的〈女房東〉獲首獎之後，梅新先生邀請我去台灣。那時大陸作家去台灣的還很少，我們都沒料到入境手續竟會那樣繁複。中間一度，我氣餒了，梅新先生卻一再、再三地努力，終於在一九九三年八月，我見到了在機場迎接我的梅新先生。
從此，我印象裡就是這樣一個梅新先生：身板挺得筆直，愛大笑，動作迅捷而思路更迅捷，精神狀態非常非常年輕的一位長者。時隔四年，我第二次來台北參加「百年來中國文學學術研討會」時，梅新先生的健朗如故，只是髮添一層霜雪，人添一層疲憊。在這個國際性的大型研討會籌備期間，他顯然在健康上蝕了一些老本。

我總有感覺，人如梅新，即使肉體的健康受損，他過人的強健精神也會支撐他，永久地支撐他。因此當我在吉隆坡聽見噩耗時，我無法接受現實。悲傷、遺憾、痛惜都談不上，只是想，命運要怎樣擺布就只能由它擺布。得到這個噩耗，又何嘗不是命運的擺布呢？從我第一回參加文學獎，到現在我第一次擔任評審，這其中有梅新先生完整的一季辛勞，這難道不亦是一種宿命？

記得去年離台前，梅新先生為我主持了「中副下午茶」。大病初癒的他削瘦了許多，面色也很暗，全部的精氣神和生命力，似乎都集聚到眼睛裡了。會散時，我為大家簽名，他靜默地等在一邊，一時間，蒼老出現在他身上。我對他說：「梅新先生，你臉色不大好，要多休息啦！」他哈哈一笑，把我的鄭重其事給打趣了。

從吉隆坡到台北，我才打聽到，梅新先生的葬禮在我到達的前一天已舉行過了。同黛嫚等幾個「中副」的朋友一同晚餐，談了一個晚上梅新先生。點的菜也多是梅新先生愛吃的。

這是我第三次到台北，梅新先生已是追憶中的人了。

附：《波希米亞樓》自序（節錄）

這個散文集是自我出國至今九年來的第一個散文集。……十年一覺，似乎從「少年不識愁滋味」到了「卻道天涼好個秋」，境界和心態的改變，都是近十年來「識盡愁滋味」的緣故。

一般情形下我不寫散文，除了各報編輯們有殷切的稿約，情面難卻。有時實在想對一些事物發表看法，又一時不能在小說中找到合適的人物，藉他（她）的口來表白，便只好白話直說了。我曾在一本小說集的後記中寫道：寫小說是因為可以安全地撒謊，而散文沒有這種便利。

第一個把我介紹給三民書局劉振強先生的，是已故詩人梅新。我每憶起劉先生請我和梅新先生去秀蘭小館吃上海家常菜，那種記憶的新鮮，使我拒絕相信與梅新先生已是隔世的情誼。那時我在台灣還是個新名字，劉先生就答應為我出書。對劉先生和梅新先生的感激心情，也是我這篇小序的主要內容。那之後我在三民書局出了一系列的書，包括新近在台灣得金馬獎的《天浴》，它的原著也是在「三民」出的。這本散文中，有一篇是寫給梅新先生的緬懷文章，當時因此類文章過分擁擠，沒有得到在報章發表的機會。其實，促使我編輯這本散文的一部分原因，是想使這篇文章問世。我的父親說：「急於報德和急於報怨一樣，都是俗氣的表現。」梅新先生過世已一年有餘，現在表達我的知恩圖報，大概沒有「急於」之嫌了。我知道劉振強先生是梅新先生的生前好友，在「三民」出版這冊散文，我、劉先生、梅新先生，似乎又是一聚。

一九九九年元月十九日

——收錄於《波希米亞樓》，三民書局，一九九九年四月

清香傳得天心在

——悼亡友梅新

◆姜雲生

一

時間過得真快！一轉眼，你已經走了整整四個月了。這段期間，正是我著手編選自己第一本散文集子的時候，而這些文字，非但是在你的敦促勉勵之下寫就，且大多是經你的手編發與讀者見面的……四個月來，我始終不願相信你已「走了」的事實；有時候會想：梅新兄究竟去了哪裡了呢？怎麼就杳無音訊——沒有信，沒有電話，連夢都不託一個來！你六十周歲冥誕那天，我在副刊上發表的短詩〈雪之祭奠〉，你讀到了麼？小序的末句，我說：「依然在書房裡等你的電話。」請勿以詩人浪漫情懷視之，真的——這些日子，在編選散文集過程中，有時燈下獨坐，真的會看看電話機，盼望鈴聲響後，你聽我說拙作獲獎、得了多少獎金；聽我說孩子在海外邊打工邊讀書的情況；然後，聽你以你那獨特的浙江口音，接連著大聲說：「好！好！」那份喜悅與關愛，好像得獎金的是你，在海外奮鬥的是你的孩子……。

然而……生者常惻惻，逝者長已矣！

去年臘月二十三那天，我整理書架時，見到夾在書堆裡的幾張舊賀卡。翻開了看，正是這幾年春節您和嫂夫人寄來的。每張賀卡上除新年賀辭外，落款處都寫著「梅新、素貞同賀」字樣。當時心裡一顫，不由一聲長嘆！

第二天，正巧收到嫂夫人寄來的虎年春節賀卡，落款處只有她一人的名字了……。

二

中國人有個很好的傳統：以文會友。你我相識，也是從文字之交開始的。十年前，好友黃海把我推薦給你——我是說，他把我的一篇散文〈地瓜情結〉寄了給你，你很快便寫信給他，說我的散文「寫得不錯」，要我抽空多寫點。黃海隨即將你的信轉了過來，我自然深受鼓勵。那時我對你還不了解；後來當我得知你在台灣文壇的名聲與地位時，很感動——對一個從未謀面的普通作者，僅僅因為一篇差強人意的稿子，便如此鼓勵有加，那麼，你對朋友，你對自己的報紙會怎樣真誠、認真，那是可想而知的了。我沒有讓你失望。不久又寫了〈你我〉、〈我心目中的三個士〉、〈周莊夢尋〉、〈細讀自己〉……等等一些獲得好評的散文，你收到後，都在極短的時間內發表了。這些散文，有些被海外華文報刊轉載（有些屬盜版），而大陸讀者，除親友外，都要等手頭這本散文集編好、出版後才會見到。

後來我們開始通信，通電話。一九九〇年，我們在上海初次見面。在上海盤桓了幾天後，你又帶著女兒光霽，去了闊別整整四十載的故鄉浙江省縉雲縣。初次見面，相處的時間並不長。到你和光霽離上海返台，我去機場為你送行時，我卻覺得對你相當了解了。古人云：「人心之不同，各如其面。」誠者斯言！有的人，你與他相處十年八年，始終「不識廬山真面目」；有的人，雖屬初交，卻一下子讓你有早就相識之感。因為他率真，不作偽，即便是初會的朋友，也把自己的心扉敞開了，深深淺淺使你一目暸然。梅新，我覺得你正是這樣的人；那時我便想：你我或許有緣成為好朋友的。

你返台灣後給我的第一封信，除了繼續叮囑我多寫而外，還特別提到：在飛機上你對女兒說，「姜先生這個人值得深交。」讀到這些話，我心裡當然感到欣慰。其實呢，只要以真誠回報真誠，人與人之間要產生心靈共鳴並不難。你初次回大陸，我除了和朋友一起陪你玩了幾天，在你回縉雲老家時提供了一點方便以盡地主之誼而外，想不起還特別為你做了什麼；以你的聲望地位而認定一個朋友「值得深交」，大概無非是這個朋友也像你一樣，不自私，不作偽，能坦誠待人，胸襟又較別人稍稍開闊了些——如此而已吧？

此後我們的聯絡多了起來，隔海長途電話中，除了照例的約稿、兩岸文學界近況交流而外，各自的家事也成了話題。說起你的一雙兒女來，我簡直能憑耳機中傳來的聲音，想像出你眉笑眼開的模樣。光霽赴美讀書，考得個全額獎學金，你說省下你一百萬台幣開支，好不高興；其實我知道令你興高采烈的豈只省下一筆錢而已！說起兒子的種種，聽似輕描淡寫的言辭中，透著的分明是濃濃的一份愛……「知否興風狂嘯者，回眸時看小於菟。」魯迅這一聯，此刻倒真成了你的傳神寫照。我的孩子大學畢業後去了日本，靠打工掙錢繼續讀書。當你得知我為思念愛子內心愁苦時，你又來信描述前些年你出差歐洲，約光霽在法國一會，後來終於到了分別之時，父女倆在巴黎機場相擁而泣、淚灑異國的舊事。你的結論是，東洋也好，西洋也好，讓孩子們去闖蕩一番，吃點苦也值得。兒子亦辛沒見過你，但你對他的關愛與勉勵，我們都不會忘記。記得有一次你打電話來，知道亦辛放假在家，就特別要他來聽電話。我不知道你叮囑他什麼，只聽得孩子恭恭敬敬地回答說：「一定！我一定照梅新伯伯說的去做！」

俗話說「文如其人」，我後來讀你的詩文，覺得這句話用在你身上是再恰當不過的了。你的為人和你的詩作一樣，用兩個字可以概括：率真。從外表上看，你並不是那種熱情如火的人，但你的內心，卻清純、熱烈。你寫詩主張「親近表層冷峻無詩，內裡情多堅貞的事物」。我以為，任何一個作家、詩人，其文學主張也總有意無意透露著自身的性格、氣質特徵，這一點，在你身上體現得十分清楚。你為自己寫詩設限，力求避免題材的重複，力爭作品雖少卻務精的作法與主張也深得我心。你並非是一個「著作等身」的詩人，但你的詩作，有不少被傳唱，有些則能傳之久遠——這於你是榮耀與安慰，於我，則是心嚮往之，且要努力追求的榜樣。

人也真，詩也真——這是你留給朋友們最了不起的「遺產」。

三

說你詩真、人真，並非說你做詩做人完美無缺。讀了《家鄉的女人》後，我寫過三篇詩評，兩篇稱讚你這本新詩集中的佳作，一篇對其中幾首欠錘鍊的作品作了商榷。前兩篇發表了，你讀到了；後面持批評意見的一篇，僅僅是因為不湊巧，沒有發表。真正的文學批評，理應好處說好，壞處說壞；「奇文共欣賞，疑義相與析」，此亦以文會友樂趣之一也！如今這賞析之樂怎生能得！

說起你的「缺點」，倒也有趣——現在回想起來，透過一些「毛病」，倒反而看出你的可愛之處來了。詩集《家鄉的女人》中，你曾說自己有個「致命的弱點——那便是喜歡自我挑戰」。喜歡自我挑戰並非短處，怎麼說是「弱點」呢？這小小的狡黠之中，不正藏著你的自信與自傲麼？倒是「致命」二字，被你不幸而言中，你做事、作詩，都到了嘔心瀝血的地步。

你年輕時當過兵，後來成了文人，那軍人氣質中粗獷豪爽的烙印在你身上始終未曾泯滅。什麼事惹你生氣了，你的憤怒或輕蔑會毫不掩飾地表露出來。記得你第二次來大陸，計劃中要採訪一位大人物。孰料約定時間過了許久，那位大人物遲遲未露面。你打電話去問，才有人說此公另有要事，不能如約。你覺得受了侮辱，一怒之下退了賓館房間，當天飛回台北去了；害得滬上幾個詩人為你擔心好一陣子。還有，我們初次見面後，你知道了我在台北有位兄長，便問我何不去台灣看看。我說我未嘗不想去，但兄長並不熱心；沒想到你回台北後馬上打電話給家兄，責問他為什麼不讓我赴台看看？你還要家兄趕緊替我辦手續，你說我往來機票費用由你承擔……你在電話裡告訴我這件事後，我想像家兄受責備時的尷尬相，都有點替他難受了，他或許也有他的不便吧？這類佚事，好像你每來大陸一次，都要留下一二件。記得最後一次大陸之行，某地一文人言語張狂，行為委瑣，你出了他家大門便氣得罵了聲「×××什麼東西！」你也不管這×××係我的熟人——不過，說心裡話，當時我倒真為你這一罵暗自喝彩呢！有時候你也會錯怪人，一經察覺，你會馬上彌補，雖然口頭並不說什麼。

我想過，像你這樣的脾氣，早生幾百年，到水泊梁山落草，怕也會幹出火燒草料場、拳打鎮關西一類的勾當來的——你骨子裡本是條漢子，故而今生今世與騷人墨客為伍了，詩也罷，人也罷，依然都率真質樸，天然無飾。明人方孝孺《畫梅》有云：「清香傳得天心在，未許尋常草木知。」他所畫之梅，豈不是你麼？

而今商業社會，人——特別是文人，能葆天心者，怕不多了——這便是我特別珍視與你的這段緣分的根本原因。

四

緣盡十年，你匆匆去了。

告訴我這消息的，正是十年前把我推薦給你的黃海兄。他打電話來時，大概凌晨四點多鐘吧？迷迷糊糊聽得這噩耗，一下子清醒了過來，又立刻呆住了。儘管明知這類壞消息一般不會誤傳，但仍然在心底祈禱：但願誤傳、但願誤傳……。

好不容易熬到天亮，趕緊給龔華打電話。待壞消息終於被證實，我便再也克制不了，任淚水奪眶而出……我不想讓海那頭的朋友聽到我的抽泣，便快快擱下聽筒。後來雖然也在書房流過幾次淚，但在人前，我總竭力掩飾著。我自知性格中怪異的一面：在自身的苦難面前，我已經練得連眉頭都不皺一皺了，一切都能承受；但是，與我的心靈共鳴的人去了，我會情不自禁地潸然淚下！素未謀面的三毛女士走時，一些黑髮人走時，我都曾感到深深的傷痛；如今，你走了，其痛何如！待到見得你的紀念文集出版，知道有那麼多朋友為你英年早逝而失聲，我這才顧不得「男兒有淚不輕彈」的古訓，傷心時，便任淚水一次次憑弔你遠逝的英靈！

這些年來，我常常面壁冥思生命之謎。經常思考的一個問題是：人死之後，靈魂何處去了？你這一走，又令我陷入更具體的困惑：那個十年深交的靈魂，真誠善良的靈魂，如今何處去了？像往常一樣，窮思冥想依然毫無結果。唯一感到欣慰的是：在這浩淼的生命時空中，你我靈魂相遇於今生今世；雖十年緣盡，但如此朋友一場，也應知足矣！而你，雖說走得匆忙了點；但你活得如此努力、如此真誠，雖死猶生——

你的詩還在，

你的音容笑貌還在……

五

素貞嫂夫人寄來新年賀卡時，最後這樣寫道：「套梅新的話語，有機會抽空多寫一點。他把主編交棒給追隨他十年的林黛嫚女士，支持她，也等於支持梅新。」這段話，當然像兄十年來一以貫之的那樣，是對我的敦促與勉勵；但是，讀著它，似乎有更深的感受——我忽然想起龔華回憶文章中披露的一個細節：當你從醫生處得悉自己患的是致命的癌症，且已到了晚期時，你說了一句：「我怎麼向素貞交待呢！」把這兩句話放到一起讀，毋庸任何評點了——做夫妻做到這種境界，於你，於嫂夫人，都可以說一聲無怨無悔矣！常說：「天下沒有不散的宴席」，人生在世，也好比赴一次長長的宴會，這宴會上甜酸苦辣百味俱存。以我之見，苦多樂少。有一次和台灣某哲學博士談生死，有人插話說「人人怕死人人死」；我說我連「活」都不怕，還怕「死」麼？那位博士愣了半天……我少兄六歲，這樣說話似乎不應該，就此打住。在這苦大於樂的生命大宴上，總得努力加餐才對得起關愛自己的人。

編完了這本十年來主要經你的手編發的散文舊作，再熬夜趕寫這封長信給你——我知道你向來喜歡讀朋友們長長的來信，自己卻每因忙碌而疏於回覆。好吧，以後如果再寫出「不錯」的詩文，我再告訴你，依然在書房等你的電話；或者，等你託夢來？

一九九八年二月十四日
寫畢於晨五時

——收錄於《細讀自己》，山東友誼出版社，一九九八年九月

立傳與立碑

◆高大鵬

當代小說家朱西甯先生的過世，是中國文壇一項無可彌補的重大損失，也是華人小說史上的一件大事。邇來報刊上追悼的文字甚多，我個人也寫了兩篇用抒悲懷。然而，和其他追思文字不同的是，我的文章早在朱先生辭世之前就發表了，一篇在《聯副》，另一篇在《青副》，那時距離他溘然辭世還有整整一個多月之久。

自然，這兩篇不是「追悼式」或「告別式」，而是回顧性、激勵性質的文字。然而，一篇名為「不沉的方舟」，一篇名為「走出死蔭的幽谷」——顧名思義，其中也隱隱約約地帶出一些「預言」的意味了。何以我會這麼急於要為朱先生寫這種回顧性的文字？一方面固然是「靈裡面」有一種強烈的預感，一方面也是有感於另一位文壇前輩的警語——那是詩人余光中先生在梅新過世後的追悼會上說的。我永遠記得這位平生月旦人物一向很「酷」的詩人那天說了一句十分感性又感傷的話。他說：「我們與其為人家身後立碑，不如在他生前為他立傳，給他肯定。」這句話感動我如威士忌酒，至今令我思之不勝泫然。

其實這句話入情入理，並非故做驚人之語。然而，正因人間有許多習焉不察的、不過人情的傳統習慣，反使得這類情理通達的話變成空谷足音，令人惻然有感、矍然而驚了！原來我們中國一直有一個不成文的傳統，認為對於一個人物，必須蓋棺而後論定。不錯，世事無常，人情多變，能保晚節，始終一致的人並不多見，此所以白居易有詩云：「周公恐懼流言日，王莽謙恭下士時，向使當初身便死，一生真偽復誰知？」（放言五首之三）。的確，看多了世情反覆，晚節難保，對於政治人物的評價，自然不能不小心因應，「死而復始」，免得鬧笑話了！

然而，藝文人物與政治人物不同。文學藝術是有其獨立於個人因素之外的客觀標準，倒不必「道德掛帥」，流於「泛道德主義」。蔡京、趙松雪人品可議，但他們的書法沒有話說！

朱敦儒曾與秦檜掛勾、汪精衛曾「失身」於日寇，但他們的詩詞自有可觀，文學價值千秋不磨。而同性戀的王爾德、紀德、梵谷乃至柴可夫斯基，更不因其「性倒錯」而稍損其文字魅力和藝術價值。這些人在他們四十歲左右都已登上文藝的高峰，就應該承認、肯定他們的「歷史地位」了，既不必「以德廢言」，更無須「蓋棺論定」，必至蓋棺而後論定，如同好花枯萎了才紀念她的芬芳美麗，這是不近情理，不公義的！

朱西甯先生是醇然真儒，也是基督生命的真實智者，謙謙君子且因信稱義，道德文章而皆可觀，絕無趙孟頫、吳梅村那類節操上的問題。梅新先生的赤子之心天真爛漫，也是人所共鑒的。人品上沒問題，作品上有可觀，就應該在他們闔眼前把應得的讚美肯定歸給他們，不必等死後才哀哀招魂、殷殷「尚饗」！歐陽修所謂「祭之豐不如養之薄」，對先人如此，對真有成就的作家也當如此！「愛你在心口難開」是國人保守傳統下的通病。及至棺木一蓋，任有「多少柔情多少淚」，對於逝者而言，也都「直道相思了無益」了。

舍弟高大威博士曾戲稱中國「蓋棺論定」傳統是一種「尚饗文化」，其言雖謔，其義真切！愛要及時，讚美要及時，所謂「溫柔之必要、肯定之必要」。所謂「與其身後立碑，不如生前立傳」，對於藝文宗匠，斯言斯義，豈不然哉！

——原刊於《青年日報》副刊，一九九八年四月二日

編按：這篇文章是文友小民影印寄贈的，小民常以此表達溫馨的關懷。她在邊欄空白處附記：

素貞好友：

最近兩次文友聚會，得以見面，十分歡喜。上海圖書館索取手稿，紀念梅新老弟的已寄去（編按：指〈但願天堂梅常新〉一文）。感覺上梅新老弟尚在，幾乎想問您，他為什麼沒來？但他已先返天家，等咱們去呢，多多做自己喜歡的事吧。想吃什麼，就和孩子一同享受，他在天上也歡喜！

保重！

小民姊

從「魚川讀詩」說起

——略憶知友梅新

◆辛鬱

另一個「梅新」

梅新以「魚川」筆名，在《中央日報》副刊寫讀詩專文時，讓我看到了另一個「梅新」；大異於他編《中央日報》副刊，或辦那麼多次精采的藝文活動。一靜一動，我喜歡「靜」的梅新；他「動」得太多了，精疲力盡，因而早逝。

對《魚川讀詩》，洛夫在集序中有精闢深入的剖析。我只想說，如果梅新活著，繼續寫，「魚川讀詩」一定會引發詩家的重視；梅新是該安靜的坐在書桌前，讀書、思想、寫作，成其為詩界的一「大家」。

我曾用這些話與梅新在一家咖啡館談了三小時，因為梅新曾對我說，胃口不好，腹部右下側常隱隱作痛。我說你攬那麼多事來做，又凡事一把抓，鐵打的骨架也會生鏽。他不滿意「攬」與「抓」兩個字，我們抬起槓來，我深知他求好心切，只能說，身體要緊，多找休息機會，哪怕十分鐘，也可以閉眼打個小盹。

梅新與我同鄉，在詩友中認識最早，又同在金門捱一陣子苦；與我同歲，小我半年。所以我總以為有「資格」給他一點規勸。

當年，包括大荒、楚戈、商禽、梅新、張默與我這伙人，梅新最小，卻最早表露力求上進的雄心。經過一段不短的時日，梅新接受了師資班訓練，當上小學教師，然後考大學，從淡江法文系到文化新聞系（編按一），畢業後先後任職於《幼獅文藝》、《聯合報》、《民生報》、文復會、《聯合文學》、《台灣時報》、正中書局、《中央日報》等單位，所有的工作，都在不同的編輯檯上完成。坦白說，在忙碌工作中的梅新，不免有點不近人情。記得有次沙牧約我去看梅新，我們到了報社，在樓下撥電話上去，他接了電話卻遲不下樓，我再撥電話，接聽的一位小姐告知：章先生開會去了。這讓我生氣，但我明白，他一時不想同沙牧碰面。

我只好對沙牧敷衍一番，拉著他去喝小酒。那天晚上，梅新打電話向我道歉，加上一句：你知道我現在多麼怕喝酒嗎？這話給我的立即反應是：梅新有病。

梅新在任何飯局上，喜歡鬧酒，他有膽無量，但會很技巧的把人唬過去。如今直說怕酒，情況不簡單。因此，逮著機會，我又多嘴起來。

「梅新，《中央日報》不差你這位幹將，身體不好，趁早抽腿吧！」

他一連三聲去去去！只差拂袖而走。瞪著我問：「我哪裡有病？」

我閉口，轉頭看向別處。他感覺語氣太重，沉聲說：「多謝你一再提醒，以後我注意就是了。」

真的，我真的有資格規勸梅新，因為我們在金門曾有一段患難與共的相處。

力求上進

八二三砲戰的前兩年，重霧封海的五月，我隨部隊到金門，紮營金南埕下一個小山坡上。月底收到寄自五月四日的台北來信，是紀弦老師的手跡，匆匆拆閱，上面寫著：「一、今天五四，文藝節，所以寫信給你一個祝福。二、梅新也在金門，你可以去看看他，地點是……三、金門的第一首詩，一定要給《現代詩》。」老師的信永遠是條文式的。

我遵師囑在六月第一個假日去看梅新，第一次見面，他有點緊張的口吃，一句話結結巴巴說不完。我愛吃甜食，在基隆上船時買了幾包水果糖帶到金門，去看梅新時拿了一把當見面禮。梅新接過糖包，竟又口吃起來，而且還有點眼淚汪汪。後來他告訴我，那天看到他熟悉的水果糖包，不能自制的想到了在左營的外婆。梅新是外婆的心肝寶貝，在戰亂中一直帶在身邊逃難，民國三十九年就隨著外婆與舅舅一家逃到台灣（編按二）。舅舅是軍人，所以梅新在到台灣一年以後也穿上軍服。那天梅新吃著水果糖，細訴外婆的慈祥，令我也因想念家人尤其是外婆，而淚流滿臉。

我們以彼此最純真的思親之情締交，我怎能不為他的健康操心？

在金門，我們的來往以談詩為主，偶爾也說些閒話，例如家鄉有些什麼人，想不想退伍啊，退了伍以後幹什麼等。我那時以為自己會幹一輩子軍人，將來必定會戰死疆場，他說我沒出息，不想到社會去發展。有一回他透露心事說：「我一定要上大學，還要找一位志同道合的女大學生，成家立業。」

我說他癡心妄想，但他經過一番努力，竟做到了！可是，有多少人知道梅新是怎麼樣進修苦讀，突破重重阻礙，一步一步走上自己選擇的路，終究讓自己活得自在又有尊嚴，並成就一番事業呢？

金門八二三砲戰前一年，梅新調回台灣，其時外婆已去世，舅媽總對他冷眼相看。失去了「家」的溫暖，梅新在冷冷人世選擇讀書取暖，用微薄的軍餉買了些考試參考書，立志考取公辦的「師資班」。結業分發，地點在現今「核電一廠」所在地阿里磅——台北縣海岸線上一處極偏僻，浪高風急經常大雨傾盆的小地方。有回我去看他，他留我夜宿，睡的是門板，被子根本無法取暖，我們在濕冷的夜裡聊到天亮，那時他教師兼工友（因為資淺），一早就得照料十來個從沿海山坳裡鑽出來的毛頭小孩，所以匆匆給我煮了一個雞蛋，就催我「打道回府」。我真得感謝他趕我早走，因為那天中午就大雨封路，沒有車子來往了。

阿里磅時期的梅新很瘦，收入少，除了生活必需品，再買幾本準備考大學進修的書，還得留下幾文做路費，上淡水買必需品，所剩無幾。晚上讀參考書，做筆記，在低度燈亮下，原來就眨巴不停的眼睛就眨得更嚴重了，有蓄膿老毛病的鼻子，也抽搐得更厲害了。我第二次去看他，不必經由訴說心頭話，就可從他不斷眨巴的眼睛，和不斷抽搐的鼻子，得知他境況的淒慘。

但是他終於出了頭，憑著不斷努力進取，有了一片自己的天。

熱情為詩

在台灣藝文圈，也許是參與的人太多，也許是變遷的步調太快，總常有令人難以接受的狀況發生，例如詩歌圈子裡，分出新、舊詩之外，又有所謂新詩、現代詩之分。詩人以詩刊結群，少則十餘人，多則數十人，大家各自定調、吹號，彼此之間貌合而神離，難有為一個共同主題而合奏的可能。

這種情形看在梅新眼裡，時感痛心，有一次我去報社送稿，他留我喝咖啡，曾說：「辛鬱，你適合做一件事。」

我問他做什麼事。他說：「把詩壇各門各派拉在一起，辦一個聯合詩刊。」

這是我發起組合詩人，並命名為「台灣現代詩協會」的源起。但由於一次發起人會談之後，有多位詩人都想站出來做「領導」，此事就偃旗息鼓，沒人再提起。

梅新雖深以為憾，卻從此不再談及，後來他籌組《現代詩》復刊，而且堂而皇之真的辦了起來；建議出版年度詩選，也經多位詩人贊同，而由爾雅出版社按年出版。這些似乎都與籌組「台灣現代詩協會」不成有關。

梅新是個熱情的人，精力充沛，總想找事做，他編《國文天地》時，有意要找我做副手，曾說：「這才是適合你幹的工作。」

我沒有接受，當時未說原因，現在他已大去，不妨一說。因為我與他都是個性較強，認知力較主觀的人，一旦幹同一件事，雖職務有別，總難免會有衝突。

如今想來，卻成為我的一大憾事，我在想，如果我真的去做梅新的副手，以我們共同的理想為衝刺的目標，或許，在「聯合詩刊」這個構想上，會做出些成績來吧！

時光急馳，梅新已走了十一年，我上述的這番設想，也早就沒什麼意義了。

——原刊於《文訊雜誌》二七七期，二〇〇八年十一月

收錄於《我們這一伙人》，文訊雜誌社，二〇一二年七月

編按一：他先考入淡江西班牙語系，再重考到文化法文系，後轉新聞系。

編按二：時間稍早，舅舅先到，梅新隨外祖母來台依親。

懷念梅新

◆隱地

創世紀五十周年社慶，一口氣出版三本紀念文集——《他們怎麼玩詩？》、《Dear Epoch》、《情繫伊甸園——創世紀詩人論》，同時還舉辦了一場「台灣現代詩研討會」，將近二百位詩人和關心詩的朋友齊聚一堂，許多久未露面的老詩人，都從海外各地歸來，談詩論詩，讓人覺得詩壇空前熱鬧。

而我這時突然想著詩人梅新（一九三三～一九九七）。

梅新曾於民國五十四年加入創世紀詩社，他在《創世紀》前後發表過二十多首詩，最早的一首〈孤獨〉，登在《創世紀》（民國四十四年）第三期，說起來，梅新當然算是創世紀元老詩人。

梅新最初參加的詩社是紀弦創立的「現代派」，他在《現代詩》季刊先後發表三十多首，這些少作，多數收入他的第一本詩集《再生的樹》。他總共出版四本詩集，梅新過世後，詩人林泠和莊裕安曾為他編了一本《梅新詩選》，由爾雅印行。

梅新的詩看似平淡實則境界深遠，但早年似乎並未受到詩壇重視，張默在《夢從樺樹上跌下來》一書中談到梅新時曾說：「……大約是四〇年代到六〇年代初，筆者遍尋國內多種文學大系或詩選，有關他的簡介，似乎很少著墨。」僅辛鬱寫過一篇〈試論梅新的詩〉（刊於民國五十五年四月《創世紀》）。梅新第一個知音是台大教授顏元叔，曾在《幼獅文藝》評論他的詩作。《關於羅丹——日記擇抄》作者熊秉明教授，亦談論過梅新一首名詩〈舊事〉。

梅新不只是一位重要的詩人，他在文壇有舉足輕重之地位，影響至今，仍讓人懷念不已，其一，他曾在《聯合報》和《民生報》當過編輯，就是他的提議才有《聯合文學》誕生。此外，由我主持的「年度詩選」，先後十年，出到《八十年詩選》宣布停編；梅新聽到消息，立刻聯繫向明、瘂弦再三商討，終於獲得文建會補助，才使「年度詩選」死而復生，持續至今。

梅新真是一個熱情的人，也是熱血詩人，在他奔走之下，得到林泠的全力支持，他也讓紀弦的《現代詩》復刊，由他和零雨、鴻鴻、楊小濱等先後主編。此外他又擔任《國文天地》雜誌社社長，《中央日報》主筆兼副刊主編。民國八十五年，他更透過中副主辦「百年來中國文學學術研討會」，嚴歌苓、虹影、高行健、張賢亮……幾乎都是他請回來的貴賓，同時也開啟了大陸作家在台大量出版各種單行本的先河……。

梅新少小離家，在軍中長大，身世坎坷，退伍後靠苦讀考進文化大學新聞系，在沒有背景的情況下，他後來能在新聞界和詩壇闖出一片天，可以想見他私底下忍過多少氣吞過多少淚。

——原刊於《中央日報》，二〇〇四年十一月六日

收錄於《身體一艘船》，爾雅出版社，二〇〇五年二月

亦見於〈熱血詩人——梅新《再生的樹》〉，《手機與西門慶》，爾雅出版社，二〇一六年四月

編按：梅新出生年於身分證及常見資料為一九三七年。

你道別了嗎（節錄）

◆林黛嫚

清晨，你醒來，跨步下床，離開溫暖的被窩，這是你道別的開始。吃過飯，換好外出服，你和家人道別，向工作場所出發；或許你獨居，那麼，你親親溫馴的小貓，囑咐牠，乖乖待在家裡喔，我很快就回來了。

在家與工作場所之間，你還會和很多人寒暄，並且道別，……類似這樣流水帳式的敘述在你的每一天不斷發生，以至於，你可能已經習慣道別。

不知什麼時候起，那應該可以說是你長大了的年紀。你發現世界變小了，以前電視新聞裡的天災人禍，就像阿姆斯壯的月亮一樣是別人的事，後來摔一次飛機你會發現身邊有許多人在哭泣；一次腸病毒大流行，你發現你兒子班上的某個小朋友再也不能來上學；那座崩塌的林肯大郡裡，掩埋著你同學一家人。

那麼怎麼辦呢，你要改變道別的習慣嗎？

這次你那麼靠近死亡，那麼靠近死亡的陰影，你牽著她兩歲的女兒去散步，在醫院院區的庭園，小小女孩天真地問，媽媽為什麼不陪我玩，你的淚不由自主地滑落，在陽光朗燦的、生機勃發的日子，你不能回答這小女孩，母親不但再也不能陪她玩，而且再也不能陪她做任何事。你不能說，只能流淚，無聲地流淚。

同樣的情況又再次發生，你看見那位在職場呼風喚雨的硬漢，吃著家人送至口中的木瓜，一口嚥下，第二口沒能及時送至口中，而發出一聲哼，像孩子似的，你的淚如雨下，一場安靜的雨，靜靜地下。

他走過的人生路比你長，翻山越嶺、橫渡重洋來到你生長的土地，他走你將來可能會走的路，成長求學、成家立業、傳宗接代，在你認識他的時候，他的人生正走到一個階段，一個收成的階段。他半生的奮鬥，他曾經為自己、為社會付出的努力正一點一點地開花、結果，他給很多人承諾，像是女兒的婚禮、兒子的畢業典禮、妻子的結婚周年紀念日甚至同事，他都允諾一場轟動的、可以做為里程碑的文學饗宴。他正是可以允諾的年紀，只除了，他不擔保諾言實現的日期。

你要到那場葬禮才懂，你看著盛裝著他的軀體的棺木，緩緩送入火光中，那兒應該是光明所在，你們都可以看到那在陽光下絲毫不遜色的亮麗火光，可是為什麼每個人都這麼悲傷，你們都想起他再也不會兌現的承諾，是吧？

他們都沒有跟你道別，不說一聲就離開了，……你道別了嗎？

——原刊於《聯合報》副刊，一九九九年八月十五日
收錄於《你道別了嗎》，三民書局，二〇〇五年五月

訴

◆張素貞

初安民和江一鯉約我撰寫二、三千字的懷念稿，你知道嗎？這可真的苦了我。難道說，你真的是非常不喜歡數字，覺得記些日子很麻煩，所以搶到雙十、重九，不分陰曆、陽曆都一準好記的日子，就趕緊揮揮手雲遊去了？

你隻身在台，孑然一身，好不容易成了家，我是你全部的依憑，你對我呵護備至，可是三十個結婚紀念日，你從來沒記得過。每回都是見到了蛋糕，才恍然大悟。《國文天地》共事以前，龔鵬程第一次來我們家，就見識到你那抹扯皮兼自得而又充滿幸福的微笑。當天你約了客人吃飯，正好遇到這種大日子，見了蛋糕，你還以為是飯後甜點。去年夏天，你為了「百年來中國文學學術研討會」，從二月分開始，與柯慶明、王德威商議邀請名單；五月初，自己趕赴大陸，拍攝「文壇耆宿專訪」錄影帶；而後是一連串的準備工作。以有限的人力，有限的經費，自己忙得沒天沒夜的。文友人來人往，你廣結善緣，一席話下來，常是親如兄弟，忘了明天還有好多事等著你。本來就常常是夠晚回家的，這一來真的非常離譜了。然而你說：「這可是大事。」我鄭重告訴你：「家裡還有更重要的大事。」你結婚三十周年了！你仍然想了好久好久，洛夫和瓊芳還曾經邀約詩友們慶祝過呢！結果，我們的紀念大日子，正好陪韓國詩友許世旭吃日本料理，你另約了楚戈、辛鬱，座中還有曾經約訪許世旭的小友李宗慈。我們沒提什麼結婚紀念日的事。事情也真湊巧，回程在博愛路轉角，我們遇到了當年的結婚典禮總管葉泥，我忍不住就向他告狀，當然在老大哥面前你挨了訓，你一面嘴裡應著「好啦！好啦！」仍不忘邀約他過兩天一定來參加「百年來中國文學學術研討會」。

其實你是無心的，也是有心的。我完全了解。當年你百方爭取和我結婚，你的想法就是，從此你可以順性做自己想做的事，我也很對得住你，從來沒有勉強去為難你。在十八、九年前你編《台灣時報・副刊》的時候，我就痛苦地察覺到你那股強烈的使命感與企圖心，可能會影響你做丈夫、做父親的角色扮演。你是浪漫的，也是瀟灑的，有時也是非常固執、非常彆拗的。當你認定一件有意義的，非做不可的事，你就百般費神，務必做到，否則絕不放手。上蒼庇佑，你與生俱來的毅力與韌性是和你天真的詩心並存同在的，你終於感動了我，而且讓我不知天高地厚、不知未來艱險，就順著你牽手一路走過來。旅法作家熊秉明先生曾經從我們書寫的「我」字，大為訝異地發現「梅新夫人好強的個性」；他更大的發現是：兩個強烈O型個性的人朝夕相處，沒有口角，絕少不愉快的陰影，原來你是O型偏B，而我是O型偏A，多數可能引發的爭執，都被我的「美德」擔待了。你總有辦法讓我包容你種種的執拗和偏頗，不論你多麼煩人，你煩人總有你的理由。重要的是，你對我好，凡事為我著想。在我最灰黯徬徨的人生歷程中，你向我示範了堅毅不畏艱難的特質，讓我重拾信心，順利而愉快地向前邁進。你了解我愛書，從小喜歡讀書，便不計艱辛，結婚後還鼓勵我去投考研究所；不論這對我是好是壞，至少這樣的轉變是合乎我的個性的。你喜歡變出一大堆工作，滿腦子不停地在運轉，你會在百般忙迫，自己說是「非得十二個小時沒辦法交待」的工作之餘，夜裡還多次上下樓梯，我知道你又在和詩神溝通，苦苦覓尋詩句。對於這樣活潑開朗、喜歡找事做、做事務求完美、忙得挺帶勁的人，怎麼忍心苛求呢？

送你上山以後的第八天，適逢週日，我們母子三人再次去看你。總覺得你高踞在眾多石雕的上頭，以你慣有的天真笑容，迎著午後薄弱的陽光，無限憐愛地俯視著我們。孩子們懷念你特殊口味的筍絲糊塗牛肉麵，中午我試擬了，還買的同樣是一斤麵，只是勉強用嫩麻筍替代鮮筍，味道也放淡了些。記得你常一時興起，不惜為一棵蔥、一塊豆腐跑一趟菜市場。只要你有時間，興致來了，你喜歡下廚做幾樣菜，自己先吹噓一番，也真的都很不錯。文友中，姚宜瑛大姊就很喜歡叔公教我們的那道墨魚乾燉肉，丘秀芷多次提及我們家的豆腐，夏宇在慰問函中，還惦念章家的燉羊肉。說真的，你其實也是非常珍惜家庭生活的人，無論家中什麼值得慶祝的事，或者全家上電影院，我們在外頭吃館子，有時又到咖啡館閒坐，你總是滔滔不絕，帶頭把歡笑帶動起來。你的應酬不少，遇到特別的情況，可能要晚些回家，你總不忘撥電話給我，叮嚀我先休息。據表叔最近北上提起，少年時你也曾沉迷過牌局，這話令我有些錯愕。因為成家以後，偶爾逢年過節，朋友們吆喝胡鬧，你表現的是罕有的理性與節制，而且看情況，你的功夫並不怎麼樣，玩牌在你來說，真的只是為了起鬨好玩。就跟你喝酒一樣，年輕時，你的酒量曾被詩友們取笑為不配當詩人；後來應酬多了，似乎訓練得好些了，你還是鬧酒多於喝酒。可憐你得病多久了？多久了你喝酒就翻胃，咖啡也不再喝了？然而，一提及上醫院檢查，你是斬釘截鐵地拒絕，「哪有那麼多功夫？」現在回想起來，我順從你自由發展似乎也太過頭了。家裡一向是你的意見最多，一向是你的隨興起意，我們母子往往練就了隨應發動，誰知道命運之神已然不容情地向我們逼進？這一次我們的表現，可就沒有你想像的輕鬆了。

在你揮別塵寰的前一天夜晚，也是你留在人間的最後一夜，你不停地躺下隨即又坐起，嘴裡喃喃不已。有些話很不清楚，明顯還有些浙江老家的土話，而有一段話卻是非常清晰，而且重複，語調肯定：

我是梅新，希望媒體各界發布這個消息，拜託拜託。

陪侍在側的兒子和我對望一眼，一邊哄你躺下，一邊低語猜測你可能回憶剛從大學新聞系畢業，正在做實習記者吧？但是不對，那樣的記者身分，你是章益新，不是梅新。難道說，你已然和命運之神接觸了，先來透露一些玄機？你走的次日，媒體發布了詩人梅新的訊息，不僅在台灣，還遠及大陸、美國、加拿大、歐洲。對著前來弔唁的親友，捧著傳真或快遞來的慰問函，你所謂的不必擔心，人們所謂的勇敢堅強，一切都成了虛語。想不到你要宣布的竟是自己的消息！

最怕親友們詢問：怎麼好好一個人……？究竟是在哪個環節出了大錯？自從你我因為你體檢而取消三峽的旅遊開始，媽媽就一直憂慮著，國慶當天，她先向台北的連妹詢問你上午的病情，仍不放心，就讓小妹和妹婿從新竹驅車北來，竟然趕上看你臨終一眼。六個胞弟胞妹來往穿梭，連多年來少有來往的堂姊弟妹、表妹也看到報紙趕來弔唁。公祭那天，除了表叔、三位表弟，我這方面的親戚由欽弟領銜的行列直站到大廳地氈盡頭。過去我們突破傳統的婚姻，慶幸得到老祖母的首肯，親戚們北上參加我們的婚禮，現在這麼多的弟妹侄甥再來送你，套一句三叔生前的話：你有福氣啦！你這個外省郎，在我的大家族中得到尊重，你應該很高興。

你是有心的。你的新版詩集《履歷表》，自己早就編好了目次，書名寫好，扉頁上正中寫的是「給素貞」；你另有一本我叫它「詩筆記」，以工楷謄錄自己的作品，並寫有後記，說明寫這首詩的緣起、經過，以及發表的報刊、發表後的回響，首頁也題了「給吾妻素貞」，仍是工楷。最後十一天你嚴重的病情發作了，即使在最昏亂的時候，對著護士小姐的試探：「她是誰？」你還能很清朗、很自信的回答：「張素貞。」充滿智慧的眼光轉移到我身上，是堅毅，也是篤定。七月下旬得知病情以後，你出奇的冷靜，除了不肯放棄工作之外，你開始計畫出書，要出一本詩集，要把「魚川讀詩」出版，好好整理「自序」，也要交代「中副十年」。於是不上辦公室的時間，如果精神清爽，你便獨自在你的角落捧著錄音機錄音。後來我們細聽，你說話的語調跟平常並沒有兩樣。你可能也沒有料到這麼匆忙就得結束人生之旅，可是你的書桌整理過了，詩集剪貼簿編列了五十五首詩，另外擺放了三首，我把它交給你常發表詩的報刊；而黛嫚在你辦公室的抽屜裡也發現了〈從和平飯店出來〉，就用在紀念你的專刊上。我都附在你詩集後面。五十五首中有兩首有目無詩，翻到你的一本「閒情筆記」，才看到一些你起草、塗抹、而又定稿的詩，總算找到了〈夜〉和〈夜的底層〉。我知道你一向對自己要求嚴格，有許多詩發表過，也沒有收入集子，一度考慮把後附的四首撤下來，詢問過《現代詩》主編莊裕安，他覺得這幾首也並不差；想到這是你最後一本詩集，我想我略做交代，還是把它附上吧！

文友們跟我們母子一樣懷念你，個把月來，許多悼念詩、文陸續出現在報刊上，可說是一時之選。我自己感傷不能抑制，連致謝的電話也不敢撥；而想到把這些詩、文匯編出版，也是紀念你的方式，就商請宜瑛姊協助，魏芬給你設計了三種封面，零雨和光霽挑選了其中把照片經過藝術處理的一種，書名就用中副小友們構思的《他站成一株永恆的梅》。三民為你出版《魚川讀詩》，聯合文學為你出版《履歷表》，他們的水準你是很肯定的。在極短的時間裡為你出書，這中間包含了大家對你的厚愛，如今你逍遙自在，應該展露你孩童一般燦爛的笑容吧！

——收錄於梅新《履歷表》，聯合文學出版社，一九九七年十二月二十五日

晝夢

◆張素貞

你來夢我，在清晨。

凌晨才收拾將息，而久久未能成眠。已經繞過兩個大圈了，輾轉循環，我又踅至最艱辛崎嶇的關口。總見著你那微蹙的眉峰，你一直不曾抱怨，幾乎讓我們小看了你的病苦；你有意要大家放心，極苦口的五爪金英你可以毫不遲疑地一口吞咽。記起匆匆告別的那刻，醫生說你還聽得見我們的話語，直覺必須讓你寬懷，我是那樣天真，那樣海海地向你承諾：「我們會好好地……」我實在應該撒賴，再向你汲取一些勇氣。兩年來，孩子們體貼相陪，我竭盡所能，無奈內心深處仍然掩抑不住縷縷源源不絕的悲苦，我真愧悔，我實在高估了自己。

你輕拂著我的臉，來不及細看，你已笑嘻嘻地快步走向大門。往昔你不是這樣的。你若有晨間的事務，你慣於比鬧鐘早醒，卻一逕地叮嚀我：「再睡！再睡！」

初夢你的那次，看見你穿著簇新的高級襯衫，紮著喜愛的別致的領帶，神情清爽，面帶微笑，我情不自禁地搶步上前擁你入懷。你是這樣完好，這樣神采，那麼多的鮮花，那片花海，那些眼淚，大家都弄錯了。去年早秋，身處休斯頓太空署放映室，望見凌空大束光芒，火箭猛然送出太空梭，轉瞬消逝於渺茫的天際，頓時確信，你也是這樣被送去另一個時空。女詩人朵思告訴我：「梅新在那邊很好。」我願意相信。你的適應力比我強，又能廣交朋友；在那安寧祥和的世界，你的詩人氣稟也將使你消遙自得。難為一位詩國新世代小友寫了短詩追憶你：「詩人疑惑無人給孩子寫詩。」他是知音哪！我與文友們能為你做的盡量都做了。你去後兩個半月出版三本書，去年出詩選，今年齊邦媛老師的筆會季刊要為你譯介幾首詩。若有未盡事宜，就是《現代詩》遲遲沒能復刊了。《八十七年詩選》選有林泠和羅任玲悼念你的作品，我也赫然發現，出版社已由創世紀詩社取代。我無能為力，你要體諒，脫籍詩國已逾四十載，我只是義工，我不是《現代詩》的成員。

這一回，聽見你嘹亮的聲音轉為低沉，還以微微的嘆息延展，你說：「不要這樣！」我悚然而驚。你必定是不忍坐視好長一段辰光，我陷入瀕臨孤絕的沮喪。你可知道，我像心理諮詢師一樣給自己開立處方：不要逃避人群，主動關懷別人。我努力工作，積極參與學術研討會，給親友寫信、打電話。鄭寶娟問我：「是不是要藉此填平寂寞與接續他的事業？」她說對了一半，我想藉工作排遣無名的憂傷，但一隻無名的手仍不時觸動那根潛隱的心弦。我生活在自己的親友圈中，也生活在你的人際網絡之中。多少次，遠地的關懷也乍然展現眼前；九二一震災的次日，大陸名作家馮驥才從天津撥電話關切台灣的災變，然後他說：「問候梅新。」

他問候你呢！原來你去了，而你一直都在這裡。
是的，「不要這樣！」我應該好好去曬曬太陽。

——原刊於《中央日報》副刊，一九九九年十月十日

輯三　因緣

《建中養我三十年》自序（節錄）

◆子于

寫足三十段，寫了一年，算寫完《建中養我三十年》。

原是為建中校刊寫過一篇〈建中養我二十九年〉，一些同仁們看過說還不錯。有次跟梅新先生談到，他鼓勵我何不寫詳細些，寫出在建中的三十年。於是從去年（一九七八）十月間寫出第一段〈窮・開心〉，登在《台灣時報・副刊》。真謝謝他，一次一次地鼓勵。我稍稍鬆懈，他連著催促。

寫〈養我二十九年〉的當時，心裡有股不痛快，有股惱火。……儘管寫出來的表面裝得從容。到開始寫《養我三十年》，心裡仍然憤憤，不得平靜。但隔一兩個星期寫一段，連著往下寫，漸漸瀉走那些憤憤，而漸漸開朗。追述著三十年來的大事小情，心地隨著平伏。三十年不是個短日子，沒功勞，也該是份苦勞。教出那麼多學生，從我這兒多少該有所得。但也免不了有的受到過傷害。難得到今天，他們沒抱怨過我，顯然原諒了那些過失。我又有什麼好抱怨的？實在用不著整年累月地氣火，再用不著說個沒完。心情鬆放，話也便只撿有趣兒的說了。

哪個人年輕時候沒懷過壯志？最是高中這個年代，誰又沒描劃過自己將來做番大事？難得我讀中學那年月，從沒把教書描進過壯志，連將來要做的小事裡也沒劃進它來。記得中學時候有位教國文的老師曾在校刊上寫過一篇〈自況〉。裡面有一句：「苟得一枝，不飛不鳴。」同學們看過，全說：「真是一隻笨鳥！」當時雖然沒想過自己是一隻鳥，卻絕不承認是隻笨鳥。現在想，當年建中的老師群裡，確是藏龍臥虎。……

當年著實難為那幾位校長，容忍折衝着那各色各樣的老師。更難為當年的學生們，由著那些老師們揮霍。單是那南腔北調的國語，就夠他們消受的了。何況那些老師們各有主張，各有各的教法，對學生各有各的管法。全憑學生們自己去體受神領了。

最後不但要謝謝梅新先生，還要謝謝《台灣時報・副刊》王、董兩位小姐，一位為我改錯字，一位為我一次次找出我丟掉的剪報。

謝謝為這本小冊子作封面的殷登國弟。

謝謝大畫家陳丹誠先生的題字。

一九七九年十一月五日

——收錄於《建中養我三十年》，大地出版社，一九七九年十二月

「法哥里昂」中「文學的『我們』」

◆張素貞

台灣文學界、教育界備受敬重的齊邦媛先生，在她那一出版就轟動一時、叫好又叫座的回憶錄《巨流河》中，以極其精準簡練的文筆，勾勒了八十年來父女兩代人的志業、經歷。唯其是大動亂、大遷變的流離，以及傑出的兩代人奮鬥事蹟，尤其齊先生在台灣六十年大專教學、編譯以及筆會和學術交流各個面向，涵蓋幅度之廣，她又以見證體會寫出了相當的縱深。這龐大的巨著，由於齊先生嚴謹的掌控，即使有著不少抒情文墨，讓人讀來感動莫名，她落筆卻精要至極，令人讚嘆。

《巨流河》以精簡的文筆包容萬端，接近尾聲，齊先生在敘述「台灣、文學、我們」的章節裡，有個〈文學的「我們」〉的段落。她談及親密交往的文友，從林文月起筆，殷張蘭熙、孟瑤、潘人木、林海音，以至於隱地。就在敘述林文月的部分，有這一段文字：

在文月隨夫移居美國之前，我們經常在兩家之間，和平東路與新生南路口，一家名為「法哥里昂」的咖啡店小聚，除了說不完的話，她還幫我做筆會季刊的封面等等。我們常坐的桌子在大玻璃窗前，人們走來走去，互相看著，倒都是一閃即過罷了。有一天，窗外一個人站著往裡看，然後走進店來，是主編《中央日報》副刊的詩人梅新。他走到我們桌前說：「我們常常在想，你們兩個人都說些什麼呢？」那天正好我們正忙著季刊一百期紀念號的封面，文月正幫我剪許多桂樹的葉子，貼成一個桂冠花環，中間嵌上刊名「Chinese PEN 100」。不久梅新病逝，我們覺得那天好似來作告別。

（《巨流河》頁五〇五、五〇六，天下文化，二〇〇九年七月七日，一版）

我知道，《巨流河》經緯萬端，該敘述的事情太多；齊先生曾經刪略多次，好不容易，竟還保留了這一段，〈文學的「我們」〉裡竟有了梅新的一個身影。不過，這片段也實在很飽滿，很耐品味。女作家、女教授在雅緻的咖啡館閑敘，到底「都說些什麼呢？」不是尋常婆婆媽媽一流、百無聊賴的「閑話」，齊、林兩位正忙著為中華民國筆會季刊的一百期紀念號處理封面、選取圖片。散文大家林文月教授也曾描敘：

邦媛和我時常在和平東路溫州街口的一家咖啡館「法哥里昂」相約，那裡明亮舒適，且位於兩家幾乎相等距離的地點，步行可至，免去交通煩擾。我們總是挑一個靠玻璃窗的位置坐。有時我去早了，侍者會主動笑說：「齊邦媛教授還沒有到。」一類親切的話。「法哥里昂」因其地理位置，我們坐在裡面，往往會看到同事或熟悉及不熟悉的藝文界人士走過窗前的騎樓下。一次，梅新經過看見我們，好奇地駐足，繼而推門進來說：「很想知道兩位在這兒談的是什麼？」小小的桌面上，咖啡杯被推到邊緣，正重疊攤放著一些抽象畫的印刷樣本。我正為邦媛選取季刊封面所用的圖片。

（〈回首迢遞〉，《聯合報》副刊，二〇〇二年十一月二十八日）

兩位散文高手描敘的大概是同一時、地的人事。齊先生當時主編筆會季刊，她從殷張蘭熙手中接下棒子，長年來主動尋求台灣文學的優秀文本，透過筆會季刊譯介到國際文壇去，她是台灣文學論評家，也是台灣文學的重要推手。因為在國內，她對「主編《中央日報》副刊的詩人梅新」是有相當深刻了解的。這期的一百期紀念號在一九九七年夏季出刊，煞尾她清簡的淡淡兩筆，悵然痛惜已不須言傳。梅新十月十日大去，也許那天真的是來告別的。兩年後，中華民國筆會季刊主動延請陶忘機先生英譯〈梅新詩選〉，刊在一九九九秋季號，紀念梅新逝世兩周年。選出的詩，確是代表性的佳作，陶忘機的譯筆也流暢生動。齊先生默默的關懷，實際的惠愛，這樣大氣，這樣感人。

二〇一七年六月二十日完稿

第二次回台北

——「百年來中國文學學術研討會」前後

◆紀弦

詩人梅新，本名章益新。他也和楊喚、瘂弦、沙牧、沉冬、辛鬱、商禽、楚戈、王傳璞、張拓蕪等一樣，是來自軍中的我的好友之一，而且是我主編的《現代詩》季刊主要作者之一。我來美後，他進了《中央日報》，編「中副」，我時常寄點詩和散文給他去發表。他也曾和羅行、林泠、羊令野等合作，復刊《現代詩》，而始終以一個「現代詩社」老同人自居，這一點立場鮮明的表現，最是令人感動。自從一九九三年我滿八十歲，他和洛夫、管管、張默、向明等來美為我祝壽回台後，就時常來信要我回去和大家聚聚，我都婉謝了他的一番好意。可是到了一九九六年，他籌備召開「百年來中國文學學術研討會」，除管吃管住，還負擔我的來回旅費，這一次，我真的是不好意思也不忍心再令他失望了。

話說一九九六年五四文藝節，我曾主辦了一次朗誦會，邀請洛杉磯方面的詩人秀陶、陳銘華等來舊金山，和本地的詩人陳雪丹、劉荒田、王性初、陳大哲等一同登台朗誦，由我主持節目。

但會場地點較遠，聽眾也不太多，可說是相當的失敗，而這都怪我事前未能妥善籌劃有以致之。但是我第二次回台北，一切都很順利，我於五月二十九日前往，六月六日回美，一共九天，其經過的情形是這樣的：

五月二十九日下午動身，飛抵桃園機場時，已是台灣時間五月三十日晚間十點半了。梅新接到我，把我抱起來，高興得不得了。我原打算一下飛機，就跪在地上，親吻一下闊別二十年之久第二故鄉的泥土，但因下雨，這個動作，就沒上記者的鏡頭。梅新把我一直送到有名的觀光大旅館「六福客棧」訂好了的房間，我馬上打個越洋電話向太座報平安。這個房間有兩張床，一張歸我睡覺，另一張歸彭邦楨使用。老彭也好久沒見了，梅新走後，二人暢談別後種種，直到十二點多才睡。我睡得很好，一點也不受「時差」的影響。老彭是前幾天到台北來辦事的，未受《中央日報》邀請，但他既然來了，梅新就補發一份請柬給他，要他陪著我。五月三十一日上午，我被朋友們帶到一個地方去頒獎。事前並未約定，這是一種湊巧。六月一日《中國時報》的新聞標題很有意思：「詩壇大老紀弦闊別廿年返國頒發八十四年度詩選獎給汪啟疆」，還把我和老彭坐在一起的照片也登出來了。《民生報》的新聞標題也很好：「台灣現代詩點火人紀弦回來了頒發年度詩選獎詩友重逢分外熱情」。我和汪啟疆的合影也上了報：我用右手搭在汪啟疆的肩上，笑嘻嘻的，一臉愛護後進的神情躍然紙上。余光中代表年度詩選編委會致詞時，特別感謝紀弦為現代詩所作的奉獻。他說：「中國新詩復興運動的火種，是由紀弦從上海帶到台灣來的。紀弦當年大力提倡現代詩，為現代詩出錢出力，現代詩在台灣逐漸形成氣候，才有像今天這樣輝煌的成就。」他這幾句話，我當之無愧。

除了余光中，還有周夢蝶、瘂弦、張默、辛鬱、商禽、管管、向明、羅門、蓉子、朵思、隱地、陳義芝等詩友，都在會場中和我見了面。大家見我健康良好，滿有精神，都很高興，說我跟出國前沒有多大改變。當天晚上，由中國國民黨文工會主任簡漢生、中央日報社董事長徐抗宗和社長唐盼盼三位做東，在台北市「聯勤信義俱樂部」設宴，歡迎來自大陸、香港、美、加、英、法及台灣的作家、學者二百多位，濟濟一堂，盛況空前。六月一日的《中央日報》登出了大幅新聞，還附有兩張照片：一張是三位主人向各位貴賓敬酒的情形，另一張是詩人紀弦和多年不見了的老友作家朱白水在酒會上相談甚歡。新聞上有一段特別的報導，我看了很感動，其大意是說：「除了紀弦等海外知名作家千里赴會之外，就連無法前來的曹禺、冰心、蕭乾、施蟄存和台灣的蘇雪林、陳紀瀅等，也都透過攝影機參與了研討會。」請問這是怎麼搞的？原來「早在五月初，梅新就充當一名攝影記者，帶著他自己的V8，專程赴大陸和台灣各地，訪問各位作家，錄製專輯，留下了珍貴的史料；而這些畫面，即將於今天的研討會中放映。」由此看來，梅新籌劃這次大會，他真是十分的周全而又多麼的辛勞啊！大會一連三天（六月一日至三日），都是在「國家圖書館」舉行的。會場很大，別說兩三百人，我看五六百人都坐得下。從旅館到會場，從會場到餐廳，每天都有交通車接送。有一次，交通車經過站著有許多大王椰子的仁愛路，我就請問司機先生，可不可以從杭州南路轉進濟南路一段，開向中山北路去。他說順道，沒有問題。到了濟南路，我就目不轉睛地注視左邊那些蒲葵，從前我天天檢閱的儀隊，別來無恙，頗感安慰。我又向右邊教書教了二十多年的成功中學行了個注目禮。同車的朋友們沒人問我，我也就不必加以解釋了。

這次大會，發表論文，連我的在內，共計四十五篇，從清末經五四到現在，舉凡大陸、台灣、香港及其他地區的華文文學都談到了。三天的研討會分為六場舉行，上下午各一場，每場都指定一位作家擔任主席；我也在第二天的下午，主持了一場會議。最後一場「副刊與中國文學」座談會，是由瘂弦當主席的。那時他正在主編《聯副》，我經常給他寫稿。六月三日中午，由台灣詩友發起的一次「海內外華文詩人餐敘」，是在一家名叫「天然臺」的館子裡舉行的。他們還印好了一份依年齡排列的名單，發給大家留作紀念。主賓：紀弦、彭邦楨、謝冕、劉登翰、趙毅衡、虹影；主人：羅門、蓉子、文曉村、向明、管管、商禽、大荒、魯蛟、張默、碧果、瘂弦、辛鬱、羅行、梅新、隱地、黃荷生、朵思、蕭蕭、陳義芝、楊平。席間大家向我敬酒，要我談談旅美多年的生活情形，我就講了一些給他們聽聽；特別說明我在美國從未喝醉，止於微醺而已，始終保持一個飲者應有的風度，這一點，博得他們大家一致的歡呼與掌聲。我還當眾朗誦了一首新作〈歸來吟〉。飯後羅門、蓉子夫婦二人，又把我帶去看看他們家的「燈屋」，然後才趕回會場。大會圓滿閉幕之後，六月四日梅新很早就把那些來自大陸、香港和外國的幾十位貴賓帶到中南部旅遊參觀去了。六月四日和五日這兩天，除了買點太陽餅、鳳梨酥之類的台灣名產，打算帶回美國分贈親友之外，我究竟還有什麼其他活動，已經記不得了。六月六日回美，是管管把我送上飛機的。他們這些寫詩的朋友，個個都對我好，愛護我。

二〇〇〇年九月十八日，寫完本章於聖・馬太奧老人公寓

——收錄於《紀弦回憶錄》第三部，聯經出版公司，二〇〇一年十二月

中副情緣

◆古蒙仁

我與「中副」結緣，可上溯至民國五十四年，我讀初中的時候。那時班上訂閱的報紙就是《中央日報》（家裡訂的是《新生報》）。

我會注意副刊，是因為當時一位國文老師經常在上面發表文章。文章都不長，約莫一千五百字，總是登在左下角的版面，內容則以感時遣興的散文、隨筆居多。每次他的文章見報後，同學都會搶著看，令我非常羨慕，對他也特別尊重。總覺得文章能在「中副」刊出，是一件非常不容易的事。

因此雖然我那時已開始嘗試投稿，文章也常在《新生報》副刊登出，但從來不敢投稿「中副」。對我而言那似乎是塊「聖地」，若非武林高手，切莫輕易闖入。但閱讀「中副」的文章，仍是我課餘的最愛，「中副」許多溫馨感人的散文、勵志小品，都曾給我莫大的啟發，使我一步步走上寫作的道路。

我在「中副」刊出的第一篇文章，是一篇短篇小說〈盆中鱉〉，字數約莫七、八千字，分上下二天刊出。這篇小說探討的是大專聯考的問題，對補習班的重考生有相當深入的描寫，曾引起熱烈的回響。還被沈謙選為「六十一年短篇小說選」。

這篇小說，是我首次以「古蒙仁」的筆名發表作品。初試啼聲，即有這麼好的成績，令我對這個筆名充滿信心，便一直沿用迄今。一轉眼，這個筆名已伴我走過了二十六個年頭，成了我的註冊商標，舊雨新知，識或不識，往往直呼我筆名，本名反而不為人所知。

我在「中副」就單單發表過這篇小說。由於當時的風氣使然，日後我投稿的對象便轉往中時《人間副刊》和《聯合副刊》。一直到民國七十四年我到《中央日報》工作，才又回到「中副」這塊園地。

在「中副」寫作最勤的階段，是七十六年到八十六年梅新主編「中副」的這十年間。梅新是我的老友，他入主「中副」之後，兼有同事之誼。二人相處的時間既多，有事沒事他就會出個難題給我，要我為「中副」寫稿。

梅新是個肯用腦筋的人，觀念新、點子多，他接事之後，「中副」的風貌丕然一變，深獲我心，因此對他的邀約，我很難拒絕。加上他的纏功一流，軟硬兼施，我的作品便在他逼迫之下源源而出，且大多在「中副」發表。

回首這十年間，是我散文創作的一個高峰，質與量均甚可觀，若非梅新與「中副」的叮嚀與捧場，斷無可能。公餘之暇，我們二人常相約吃小館、喝咖啡。回復到創作者的身分，彼此惕勵互勉，不要放棄創作。

我於八十四年底離開《中央日報》，投入另一職場，繁忙的工作使我好不容易恢復的創作再度中輟，與「中副」也漸行漸遠。去年十月乍聞梅新過世，我到他府上靈前上香，告別出來，久久不能自已。時也？命也？我卻無言。

十年世事多變，文壇幾番風雨，「中副」始終固守文學陣營，甚獲文壇好評。「中副」這塊園地，歷久彌新，在我心目中依然是武林聖地、文壇盟主，在文學史上必然占有輝煌的一頁。

——原刊於《中央日報》副刊「中副與我」專欄，一九九八年十一月三日

收錄於林黛嫚主編《中副與我》，中央日報社，一九九九年二月

長河滔滔（節錄）

◆莊因

梅新先生謝世之後，也曾拜讀過幾篇追記他的文章。最近讀到高大鵬先生的〈揮淚遙送風之旅〉一文，對於梅新先生的「東方意識」，有了驚訝欽敬的看法。據高先生說，梅新先生前曾編有「副刊的副刊」——「長河」副刊，也表示了他之所以以此為副刊命名的原委，那就是他對於古典中國、傳統文化的一往情深。可是，高先生的悼文中卻說：「他（梅新先生）幾次對我說，生平最心儀傳統中國文人典範，也許就是像歐陽修、蘇東坡、范仲淹那一類才學俱優、彬彬儒雅的全才式文人吧！由於這，使他的編輯風格招致保守之譏。」我自己是中文系出身，年輕時候也曾對西方抱持著飢渴的嚮往，猛啃英文，醉心近代西方哲學及文藝思潮。但是，我心中底處的大石塊，還是中國傳統的結晶。老友瘂弦在我新近出版的《過客》詩集序文中便說：「中國新詩在語言上有三條道路可循：古典詩詞的語言的繼承和重塑、西洋文學語言的移植和轉化，以及民間俗文學語言的運用和更新。若干年來，三條道路都有人試走，且都有不同程度的收穫。而回顧五四新文學運動的發展，三條路以第一條路的實驗對中國新詩的建設貢獻最大，意義也最深遠。」這真是對中國文學具有明智遠矚的人的肺腑之言，太對了！我自己是瘂弦所說的三條路中第一條路上的獨行者。我寫散文，一向文白間雜，我要把文言中的詞語及若干表達的語法，變成我們現代中國文學語言中精約的書面語言，讓它和現代中國語言（書面的）緊密地結合起來。我們絕對不可以搞出「穿過你的黑髮的我的手」那樣恐怖討厭又夾生飯式的洋涇濱式現代中文！

瘂弦寫的序文上還說：「現代詩人『以彼此的體溫取暖』的結果，作品在強烈的相互影響下，不管內容題材以及語言形式，都形成了雷同的風格，所謂千人一面、千部一腔，一首詩如果把標題下作者的名字遮住，就很難分辨出自誰手。」這真是莫大的悲哀！不但詩人若是，散文小說又何不然？我自己是「閉門煉丹」（瘂弦語）的作者，但是，我在前面說過，我是躺在滾滾波濤的長江黃河水底下的堅硬磐石。長江黃河永遠是自古至今流向未來的巨川，這也就是梅新先生所說的「長河」了罷。

——原刊於《中央日報》副刊，一九九七年十二月十日
收錄於《海天漫筆》，三民書局，二〇〇〇年四月

附：《海天漫筆》自序

這本文集是我在三民書局出版的第四冊書。內容為以曾在《中央日報》副刊「海天漫筆」專欄刊出之文章五十餘篇為主，再加上數篇散章為輔的大雜燴。

一九九五年夏返台，當時的《中央日報》副刊主編詩人梅新（章益新）先生約我為他的副刊寫一專欄，每月一至二篇，字數不限，內容不拘。我雖沒有從事過以擠牙膏方式寫專欄的經驗，但他這麼誠懇的邀約，而又幾乎是絕無條件的優禮，讓我動心了。遂不自量力厚顏地答允了他。

第一篇稿子於該年十一月十六日見報（此文「花花果果」後經梅新先生選入由他編輯的《中副八十四年散文精選集》中，亦已收入三民書局出版的《飄泊的雲》裡）。後來梅新先生的健康欠佳，一直到他不幸過世的這一段時間，病中還曾三度寫信給我，表示大力的支持。我的專欄，是以漫話方式傳達一些對生活細瑣詳熟的人和事的看法，目的在於啟發今人的思維。可以說是深入淺出的。我絕不吊書袋，更不為夸夸之言，而係本著知識分子的良心良能對文化做出一點微薄的奉獻。梅新先生過世後，他的接棒人中副新任主編林黛嫚女士對我更是優渥有加，恩准對中副繼續供稿。這樣一直寫到了一九九九年六月二十七日，前後達三年又半。

我一向注意寫散文要捏合情與理，寫專欄亦不例外。故此我也一直朝著這個方向目標努力。究竟如何，似乎還是留待讀者們去加以評斷的好。

三民書局的董事長劉振強先生，對於我愛護有加，特別賜予出版刊行的機會。我因此願意對他、梅新先生、林黛嫚女士三位，致上我最高的欽感。

二〇〇〇年元月　在天之涯

——收錄於《海天漫筆》，三民書局，二〇〇〇年四月

多動剪刀勤動筆（節錄）

◆黃永武

我剪存的文章，大都是翻譯的文學理論，當時我發表的也是些〈怎樣使文句靈動〉、〈鍊字的方法〉之類的修辭文章。後來王理璜主編「中副」，邀我寫稿，我仍寫〈昔人已乘白雲去〉的敦煌學文章，那時我常參與文藝界的活動，所寫其實不多。

大量在「中副」寫文章，是受了梅新主編一句話的影響，當梅新剛去接任「中副」主編時，我對他說：「編好一家副刊，一樣可以不朽。」

梅新咯咯地笑，回答說：「編副刊還能不朽？」語氣雖然不好意思承認，其實這句話已在他心底生根，談得興致高吧，梅新催我寫稿，並直率地對我說：

「在文藝界，你如果沒有作品，界內的朋友是看不起你的！」

如此一句樸實真摯的話，力道極大，像當頭棒喝，在腦海嗡嗡回響，當時頭戴著文學博士、教授、乃至文學院長的光環，原來這些光環，在文藝界眼裡，都是虛憍不實的平庸貨色。儘管也寫過《中國詩學》，還得了國家文藝獎，文藝界朋友看文學理論，也只是些隔靴搔癢的玄談空論，「三流人物搞活動，二流人物研理論，一流人物寫作品」，沒有作品，夸夸於評論研究，儘去參加文藝活動，也只是文壇跑龍套的腳色，光環只給作品，其他是附庸風雅罷了。真虧他一句話，渡人迷津。

不是真心好友如梅新，誰會當你面，將文藝界朋友的心思，說得如此露骨？就這樣催生了《愛廬小品》與《生活美學》。紀念著「中副」五十年，記取梅新的激將警語，真該多動剪刀勤動筆，及時剪存心愛的文章，多寫傳心的作品。

——原刊於《中央日報》副刊，一九九八年十二月四日
收錄於《黃永武隨筆‧下》，洪範書店，二〇〇八年九月

談談五十歲寫散文的起因（節錄）

◆黃永武

我正式專心寫散文，要從梅新邀我寫「愛廬小品」專欄算起，是民國七十八年，在陽明山添置了個人工作坊——愛廬。當時過了五十知命之年……

從三十四歲完成學位後，至五十二歲卸下行政工作，這二十年裡，工作過量，日夜勞勤，心中念著虞翻在戰鼓戎馬之上註《易經》，念著曾國藩在十萬貔貅之間寫文章，掌握僅剩的零星時間，寸陰是競，不斷寫書，收穫也算豐碩。……眼看中年的菁華將過，力隨年減的晚境冉冉而來，覺得自己有點對不起自己，那盤鬱在胸的辭情文采，長期被行政事務所壓抑，隱隱躍躍，像被堵住的一長列聯鑣接軌的車馬，苦無一展筆力可供奔馳的大道。

這時經梅新一催促，蔡文甫、瘂弦、劉靜娟諸位主編同相招邀，我也恰值擺脫了俗務的韁鎖，自放自適，於是大量散文的誕生就找到了出口的機緣。

在寫作過程中，我發現自己有一些優勢。例如小說家兼詩人大荒從黃山回來對我說：黃山上刻有「立馬空東海，登高望太平」十個大字，題署者人名已被挖掉，中共旅遊所希望能查出題署者，設法補刻回去。我雖沒有登過黃山，但是我知道寫此每字六米見方大的是唐式遵司令，便寫了〈黃山的大字〉發表於「聯副」。師大的張素貞教授見到我就說：「能查出寫字者是誰，真不容易。」……無從查起，沒登過黃山的我卻偏能知曉。父親於民國三十三年夏天登過黃山，因為父親一直與我同住，在我耳邊繞呀繞的黃山之旅至少一百遍，我自然可以想起來。

我的生命因與父親久住，髣髴比出生之日向上延伸了三十年，現在又有幼子相伴，隨著他進入電腦及動漫的世界，這幾乎是闖進了七十歲以上人的禁地，我竟尾隨逍遙，保持知覺的開放，吸收少年的創造活力，髣髴比該活的時代又向下挪移了三十年。我若不寫散文，不明白自己的優勢竟在這裡。

——收錄於《好句在天涯》，三民書局，二〇一二年四月

南十字星下的省思（節錄）

◆張至璋

南十字星有五顆，只在南半球看得到。它與北半球的北極星一樣，是航海導航定位的標竿。兩百多年前，英國人靠著它的指引，來到澳洲這個最古老的大陸塊。成為英國人繼北美洲新大陸後，開拓的更新殖民地。

一九九〇年的前後幾年，很多華人自中國大陸、香港、台灣移居澳洲。海外華人移民社會文化背景不同，同樣地區的移民，其境遇和價值標準也不相同。從而在南十字星下發生的這個愛情故事，應是多樣化海外華人社會中的一端而已。至於〈我們一共兩百八十歲〉則是道出徘徊於是否移民國外的人的心結，故事結局當然也不是標準抉擇。

《南十字星下的月色》是一九九一年底開始，在《中央日報》海內外版副刊上同時連載的。〈我們一共兩百八十歲〉則是一九九三年在《中華日報》刊出。在此之前我寫的都是短篇或極短篇，對於初試長篇，自覺還不夠成熟。當時的中副主編梅新兄，連載結束後與我在頂好對面喝咖啡時建議，不妨以海外移民為背景多寫點小說。現在離連載已忽忽十幾年，才華洋溢的梅新兄也不幸在五年前以盛年早逝。倡導文學、紀錄文壇不遺餘力的三民書局，現在將這本小說出版問世，對終年不斷移民外出的台灣社會，或可做個參考。對我來說，卻是對一位文友的懷念。

二〇〇三年三月美伊戰爭開打

——收錄於《南十字星下的月色》，三民書局，二〇〇三年六月

是個人的經驗，也是副刊變化簡史（節錄）

◆蔡素芬

我和黛嫚有兩天的「中副」同事情誼。一九八七年，我原擔任《國文天地》國學月刊主編，梅新主編於年末找我進「中副」，懷著新鮮與好奇，我從《國文天地》下班後即進「中副」辦公室，開始下午四點以後的副刊編輯工作。第二天傍晚，我的對面坐進了新同事，黛嫚神清氣爽看來十分活潑愉悅地加入這個辦公室，空氣頓時生動不少，而我也不過早一天進入「中副」，她變成了最新的新人。同事們都友善的跟我們介紹新環境。

然而第三天我就走人了，原因之一是《國文天地》一時尚無主編接任者，希望我留任；之二是進入後才知道要同工同酬得加入國民黨，由於我非黨員，思忖加入政黨得由於本願，而非為工作加入，所以第三晚和梅新主編訪問了牟宗三大師後，跟他提出無法在「中副」待下來。很記得他勸慰我「別那麼傻，很多人想進『中副』工作還進不來。」而我仍然選擇告別，以致沒能與黛嫚繼續當同事。但三天內也略可認識了梅新主編的做事風格。他做事熱情澎湃、拚勁十足，三個晚上，天天跟他出去採訪或文友晤談，回家都半夜了。沒想到的是，雖沒待成「中央副刊」，繞了一圈，卻回到副刊編輯界，成為體驗及見證副刊變化的一員。

——收錄於林黛嫚《推浪的人》推薦序，木蘭文化公司，二〇一六年十一月

我也曾經軟弱過（節錄）

◆龔華

我真正親眼看到一個生命由完整走向滅絕。一個原本精力充沛，對人生充滿了理想、抱負與熱愛的強人，活生生的在毫無預警的病魔襲擊下，僅短短的兩個多月裡，抵不過掙扎，終於走向生命的盡頭。

他是我文學創作路上的導師，詩人梅新。

老師住院時，只要不做檢查或特殊治療，他每天總會抽出一點時間回到工作的報社上班，他要我們不要攔阻他，他說他之所以這樣做是為了「爭取」更多的時間。七月二十七日，他帶著已然憔悴但笑容十足的病容，參與了《創世紀》詩社舉辦的一場講談會。接下去的那一天，他即著手為我的書籍《情思・情絲》趕著寫「序」。事實上，那本書中名為〈文學結緣〉的序文，是老師分了三個階段奮力完成的。

他精神好時，戴著老花眼鏡，坐在榮總十二樓病房的窗口親手執筆；疲倦時，在搖高床頭的床上，他口述，我記錄；還有一部分是老師自己錄下來，要編輯助理替他整理的。我的第一本書的「序」，竟然是在這樣的情形下完成的，情何以堪，每當回首，仍不勝唏噓。

後來我又由報上不斷悼念他的文章裡，陸續發覺老師在最後的那兩個月裡，還不停的邀稿，不放棄鼓勵青年人寫作，以及推動他對報業副刊改革的計畫。雖然由知道病情之初，一直到他臨終，我不曾看過他臉上表情的特殊變化，但我卻深知，在他內心深處，必然無可避免地隱藏著許多的、難捨人世間的淚水。

他不掉淚，是因為他沒有時間悲哀，他急需要做的是及時爭取他已數算得出的日子，他要在生命所留給他最後的短暫時光裡，把握還能努力做到的事。

他消耗了生命的長度，卻爭取了更多的生命內容。

他住院的那段時間，也正是我們「台北榮總同心緣聯誼會」為成立大會緊鑼密鼓做各項事務的籌備階段。我在老師所住的十九樓病房，與病友會籌備工作小組之間來回穿梭。那段時日裡，老師還時常問起會務籌備的狀況，成立大會的會訊編輯上有沒有問題要他幫忙。他對我們的病友團體也算是真正關心過。

老師以自身對生命的努力作見證，將我從軟弱推向堅強。他最後所教導我的是，在天命難違的鐵律下，精神的存留是更有意義的。我終於再一次的拿出勇氣，將那痛苦中熬煉出來的理論努力推向事實。「堅持是有其必要的……。」我再一次想起梅新老師平日鏗鏘有力的聲音。

——收錄於《永不說再見》，博思智庫公司，二〇一五年八月

尚未塵封的過往（節錄）

◆韓秀

一九八九年六月三十日，收到夏公來信，仍然是哥倫比亞大學的書信用紙，仍然是直寫，信中還有一篇一九八八年十二月二十九日～三十日刊登在《中央日報》副刊上的長文〈頌夏賞秋，嘆春惜冬——評析《靜靜的紅河》〉。

一九九二年一月二十日，夏公寄了信來，大大的信封，貼了兩枚郵票。裡面是一篇影印的長文〈母女連心忍痛楚——琦君回憶錄評賞〉，夏公用蠅頭小字註明發表於中副，時間是一九九一年十一月八日～十日。

評析潘壘小說的長文以及這一篇評析琦君散文的長文，都很重要，但是都沒有收入夏公的評論文集。這兩篇文章又都是由中副主編梅新先生約的。夏公穿梭紐約台北兩地才最終完成，其辛苦可想而知。梅新先生居然能夠完成這樣的約稿任務，亦足見其真誠與堅毅。於是，中副與梅新先生的名字就在我的心目中留下了極為深刻的印象。

我自己便在一九九一年的十一月八日為中副寫了〈美國詩人與中國情懷〉。十一月二十四日深夜，梅新先生寫信來，「韓秀先生：謝謝惠稿，大作已發排，不久即可見報。您在信中說，美國《紐約人》雜誌做過一個統計，以賣畫維生的畫家占畫家總人數的四分之一；以賣文維生，不必另謀職業的文人則為其總數之百分之十一。我對這個統計報導很感興趣，您可否為我寫一篇較詳細的文章」。看到這樣的來信，馬上在十二月二日回覆，說明張北海先生已經就這個統計報導寫過文章，並且在十二月十二日寫了〈四合院及其他〉寄給了梅新先生，開始成為中副作者之一。很快，對於梅新約稿的能耐，我有了進一步的體會。梅新先生在一九九一年的年底，在十二月二十八日的夜間，寫了這樣的一封信給我，「韓秀小姐：在外交學院教書，嫁作外交官夫人，又在國務院內擔任要職，這樣的經歷一定有很多經驗可以寫。您能否為我寫一篇『美國國務院裡的點點滴滴』，全是小故事，幽默而充滿人情味的文章。這種題材內容的文章別人似乎沒有寫過，您應該是最適合的人選。我們對國務院都很陌生，如果有機會讓台灣的讀者多了解一些，也該是美事一樁……」。確實的，尚無台灣的編者邀我寫美國國務院。於是在一九九二年元月三日欣然回信，並在二十天之後經過深思熟慮，經過Jeff「同意」，完成〈美國外交界點點滴滴〉，寄交台北中副。在收到稿件的當天，元月三十日的深夜，梅新先生寫回信給我，告訴我稿件已發排，並且說，「韓秀小姐：大作的確『很難寫』，但您寫得很有趣，非常謝謝。我常喜歡給人出些『難題』作。不過朋友們都很幫忙，都能如期交卷」。以上三篇文章在中副刊出後全部收入三民書局一九九四年十月出版的散文集《情書外一章》。自此，我也就成為梅新先生的朋友之一，為數年後寫夏公印象記〈驚奇於世界的美與醜〉埋下了伏筆。

我們全家在一九九二年七月一日搬到台灣去，並且將在高雄駐節三年。隨身行李裡帶著夏公的祝福，抵達台北，老朋友、新朋友相聚，快樂得不得了。一個月以後抵達高雄。第一件事就是長期訂閱《聯合報》與《中央日報》。尤其是《中央日報》，不但因為夏公的提醒，也因為我與中副這樣相知相惜的朋友關係。

再自然也沒有了，我很快見到了梅新、張素貞教授伉儷。由於梅新的介紹，我們認識了三民書局劉振強先生。不但我自己成為三民作者之一，更不簡單的，Jeff從二〇〇二年起到二〇一二年止，整整十年，從A到Z，為三民書局創立英文字庫。在三民有一個工作班子負責完成字典的中文部分，日後，三民根據這個字庫出版各種程度的英漢、漢英字典，將是在台灣出版的全新的真正Made in Taiwan的英文工具書。因為這樣的一個巨大的工程，Jeff也成為駐節台灣的美國外交官裡唯一的一位，真正為台灣的文化建設做出具體的貢獻。我們與梅新先生的友誼始於夏公兩篇大文在梅新的推動下順利完成。二十餘年的歲月中，我與梅夫人張素貞教授的情誼日深，我個人自然是得益匪淺。

——收錄於《尚未塵封的過往》，允晨文化公司，二〇一六年一月

羊令野與《南北笛》外二章（節錄）

◆梅新

羊令野與《南北笛》

我的第一首詩發表於《現代詩》季刊，對紀弦提掖年輕人不遺餘力精神，雖然一向至感欽佩，但回顧我個人的成長受到照顧最多的，卻是《南北笛》。這一點，我如果在羊令野生前告訴他，他一定會非常高興。

《南北笛》擁有全台灣最優秀詩人的作品。在當時，各路英雄投稿給《南北笛》，會師在《南北笛》，卻均能相安無事，無須擔心「盟主」或同門師兄弟會不高興。所以大家都樂於到這裡交朋友。當然，最主要是羊令野、葉泥二人的凝聚力強，尤其葉泥是詩壇的和事佬，是詩人們的調人。所以《南北笛》發行的時間雖不算長，卻留給人們無限的追思。

羊令野對我的詩頗為偏愛，我每寄去作品，他總是隔期便以頭題刊出。刊出之前，他總不忘以毛筆寫一封信先稱讚一番。他對我的詩評語最多的是有「真性情」。而同時他也會藉機訓誡我一番，強調做人比寫作更重要，如果做人失敗，作品寫得再好又有何用。

我主持《中副》，同仁最常聽見我嘮叨的是，對年長作家一定要尊重，對年輕作家一定要重視。以此態度處理稿件，絕不會有錯失。一位應徵《中副》編輯工作的某大學研究生，由於父母希望她專心念書，不希望她分心，沒能來《中副》工作。我在遺憾之餘，便未經她同意就將她隨應徵函寄來的一篇短文，在頭題的位子刊了出來。結果反應極佳，有人紛紛打電話打聽這位新人。她的作品參加去年一項文學獎的時候，評審先生的評語是好到找不出它的缺點，而一致通過她獲獎。她現在已小有名氣，如持之以恆，將來必成大家。

——收錄於《沙發椅的聯想》，三民書局，一九九七年五月

見艾青最後一面

詩人艾青去世了，這消息我並不感到意外，因我五月一日到北京協和醫院探望他時，他的夫人高瑛女士曾噙著淚對我說，醫院診斷他捱不過「五一」，而今天他仍有一口氣在，他們已經很安慰了。不過她說，希望很渺茫，大概就是這幾天的事了。雖然如此，當我於返台途中，在香港機場看到《明報》報導，艾青已於五月五日凌晨逝世的消息，內心還是難忍傷感之情。這是我第一次見他，未料竟也是我最後一次見他。

《中副》將於六月一日起，一連三天，在台北國家圖書館國際會議廳舉辦「百年來中國文學

學術研討會」，將邀請大陸、海外暨國內兩百餘重要學者和作家與會。這次到北京和上海匆匆跑一趟，主要是為了替大會製作一個專輯，背著攝影機，計畫前往百齡老作家冰心、巴金等病房，以及施蟄存、蕭乾、辛笛等家中做專訪，然後於大會中播放。

——原刊於《中央日報》副刊，一九九六年五月二十一日

一隻不合時宜的公雞——與白樺一席談

聯合報的「特資室」裡，有許多大陸出版的文學刊物，其中包括《詩刊》。《詩刊》在大陸已有幾十年歷史，屬官方刊物。我就是在這本《詩刊》上，最先讀到白樺作品的。印象較深刻的有該刊一九七九年第八期的〈風〉，一九八一年第一期的〈船〉，皆稱得是上乘之作。

我有位大學同學在上海經商，與白樺私交甚篤，前年回家探親路過上海，我問他是否可以安排我與白樺見面。他說「你不要害白樺了」。前年在北京，我要北京的朋友替我安排，他們的回答是：「到上海請當地的人安排比較容易」。去年五月，台灣作家在上海作協座談兩岸文學，白樺竟赫然在座，使我感到非常的意外。而且是坐上席，因為他是上海作協副主席。他也看過我一些作品，輾轉從朋友口中聽過一些對我的評介，所以我們稱得上彼此心儀已久。那天夜裡，我約他飯後另覓地方聊聊天，他自然爽快答應，我說錄音帶回台灣整理後發表，他也同意隨我處理。

只是我一直沒有時間，擱了將近一年才將它整理出來。那天一起的，還有畫家歐豪年兄。

——原刊於《中央日報》副刊，一九九四年三月三十一日

緣起（代序）（節錄）

◆張素貞

《現代小說啟事》序

〈學習對美的尊重——在巴黎與白先勇一席談〉是相當珍貴的白先勇訪談，他談及一些其他訪談未曾談過的論題；而我也嘗試將自己在巴黎的見聞及對白先勇小說的理解適度攙入。

一九九五年十月，我適逢休假，有緣參加法國法蘭西研究院的兩百周年慶祝活動，慣於找機會做訪問的梅新，勉強搶了白先勇即將離開巴黎的那個早晨的早餐時間，加上陪著等候友人到來的空檔做了訪談。他們相談甚歡，即使有不少感慨，卻都有理想，有憧憬，兩人不時發出興奮的高昂的笑聲。這訪談的錄音帶原本交由中副小友整理，後來因故延宕，才由我接手。當時考慮：我既然在現場，有些白先勇在巴黎的活動，尤其在鳳凰書店的《孽子》法譯本新書發表會不能不做側記，於是有了這樣的一篇訪談錄。同年十一月，我又跟著湖南作家互訪團去了湖南，主要動機是想去沈從文的故鄉鳳凰，能更深一層了解沈從文和沈從文的作品，後來寫〈《長河不盡流》記要——關於沈從文〉一文。而我之所以能加入湖南作家互訪團，不純然是以師大國文系教授個人的身分，而是梅新以中副主編的身分接受邀約，實在謄不出時間（他那麼忙，而十月才去過巴黎），便推薦我替代。歸根結柢，都是梅新的關係。如要推本究源，我繞了好大的圈子，重拾新文藝，做起現代小說研究，實是由於梅新與顏元叔、商禽等人合辦出版社出了《新月月刊》，又出小說、散文選集，我幫忙校對，細細讀起小說，又不能自已發了議論的緣故。謹以此書懷念梅新。

二〇〇一年三月　張素貞於台北古亭

——收錄於《現代小說啟事》，九歌出版社，二〇〇一年八月

編按：白先勇很重視這篇訪談，收入他的散文集《樹猶如此》，聯合文學出版社，二〇〇二年二月。

《案頭春秋》緣起

少年時代，歷史曾經是我的最愛。當年參加大學聯考，匆匆填寫報名表，把師大國文系填了第一志願，其實我的歷史分數遠超過國文十二分之多；而對歷史情有獨鍾，使我在大學修習《史記》、《左傳》的時候興致勃勃，我也選了《尚書》，甚至畢業之後，為了課程需要，除了本行專業國文之外，我選擇教授兩班歷史課，我知道學生跟我一樣陶醉在歷史課程中。

一九八五年《國文天地》初創，梅新自任社長，我支援了一篇〈楚靈王好男人細腰〉，那是從我的研究領域《韓非子．二柄篇》去檢驗當時沈春華在台視「強棒出擊」的兩句話起筆的。一九八八年元旦，梅新主編的《中副》在石永貴社長的敦促之下，短期籌劃，增擴推出了「長河版」，兼收文史哲的論述，梅新邀我撰寫兩千字具有深刻意義的文章，於是就出現了〈孟子確立知識分子的社會地位〉一文。此後〈為孺子牛——齊景公的親子遊戲〉、〈「敢批逆鱗」的魏徵〉在二月發表。齊景公的故事出自《左傳》，魏徵雖在唐代，議論資料則與《韓非子》相關，故事很有啟迪性。

第一輯的「春秋人物論」也都是《中央日報》長河版的催生品，素材主要來自《左傳》。以人物一生行事為主軸，採取綜括性歸納，不僅介紹士會、向戌、子產、叔向本人而已，還得把相關歷史背景勾勒出來，並且就相關人事略做評析。一般人可能不知道有士會如此高風亮節的人物，可能不知道向戌倡議弭兵的背後還含藏了許多問題，可能不知道賢良的叔向絕後，竟然和尤物招禍有些關聯。為了整理子產的故事幾乎翻遍大半本《左傳》，對這位活躍於春秋後期可敬的政治人物，我做了周詳的敘述和講評。

還有，《韓非子的實用哲學》六十篇刊出、成書，也是「長河」的成績。

——收錄於《案頭春秋》，萬卷樓圖書公司，二〇〇八年十月
二〇一七年六月增補

細水長流

◆張素貞

有一度，劉先生偶爾會在周日上午來舍下小坐。那往往是他在慢跑幾千公尺之後，又做了好些事，才轉來閒敘。劉先生數十年來奮發勤勉，不因家大業大而有所懈怠，生活起居始終保持規律，見到他，總是精神奕奕，讓人也跟著精神起來。

他和梅新聊起天來，如兄如弟。似乎經歷相似的苦難，也同樣都不肯輕易屈服於命運，憑著過人的毅力，終究自己闖出一片天地。他們回憶過去，隔花觀景，痛楚透過時間與距離的濾鏡淡化了，甚至還有那麼一絲甜蜜；同樣珍惜現在，展望未來，又酷似地非常具有使命感。他們成為相當程度深交的朋友。梅新吸引劉先生折節下交的因素，我想肯定不是詩人的氣質，大約也不會是對新聞與文學緊密結合的編輯理念，應該是使命感中的一環——留些好東西下來，出版一些好的書籍。

梅新曾在《幼獅文藝》、《中華文化復興月刊》、《聯合報》、《台灣時報》、正中書局、《中央日報》歷練過；協助巨人出版社規畫出版《中國現代文學大系》、《中國現代文學年選》；他的點子多，《中外文學》、《聯合文學》、《詩學》等文學雜誌都是在他的構想、催生之下而創刊發行。他也是《國文天地》的催生者。在正中書局掌理《國文天地》時期，他還連帶推動出版一些既具意義又能暢銷的好書。劉先生與梅新閒敘的話題可多了。「細水長流，細水長流！」劉先生很有前瞻性的眼光，有些好書或許不盡暢銷，劉先生要是認可了，也就義無反顧地承納，願意出版。梅新後來主編《中央日報・副刊》，連獲金鼎獎，又兼管若干專刊，認識的文友越來越多，自己頗有信心，能客觀選稿，尊重老作家，也能擢拔新人。在這樣的情況下，我知道他推薦一些作家的好書給三民出版，有些作家後續仍有新作，同樣在三民推出。當大陸或海外有文友到來，他款待的重點之一便是參觀三民書局，從重慶南路到復興北路，一副與有榮焉的模樣。

梅新自己有兩本書在三民出版，一本《沙發椅的聯想》，一本《魚川讀詩》。《沙發椅的聯想》是他的第二本散文集，是雜文集，裡邊的重要內容，可能閒敘中都與劉先生談過，想來劉先生是喜歡的。書中包羅萬端，許多篇是結合文學與新聞，他熱絡而謙恭，在獲得文壇耆宿的垂愛與師長的眷顧之下，使他對一些資深名家能有深入的報導；而個人苦學奮鬥、成家立業、生活雜感也流露出堅定的執著；其他推介新書、寫電影雜感，尤其詩論，往往融合生活智慧，別有見地。

當他查出病情之後，即著手編兩本書，其中一本詩論，即《魚川讀詩》。他急著辦幾件事，其中一件便是要推薦某女作家的新書給三民。劉先生不知從何處得知西醫束手的消息，火速安排隨他的座車去看一位傳聞中的中醫，輾轉幾間門戶才得名醫診斷。梅新沒能遇到延壽續命的高人，但擁有劉先生深厚的情誼，愚夫婦真是歿榮存感。他去後，劉先生又一口承應為他出版《魚川讀詩》，年關逼進，臨時插入，竟只花兩個半月在追思會前趕出，不是深情厚誼，如何能致？

梅新主編《中央日報・副刊》，曾配合「中副詩選」推出「魚川讀詩」專欄。從來稿中篩選一些有創意、適合引領讀者進入詩領域的詩作，列入「中副詩選」，而以「魚川讀詩」千字左右的推介、賞析，使讀者能領受詩的美感，引起讀詩的興趣。為了和主編的身分區隔，和自己的詩創作有所區分，也為了新鮮感，他使用另一個喜愛的筆名「魚川」。那些詩作者包含老、中、青，活動範圍由台灣擴展到海峽對岸、新加坡、美國。詩人洛夫說：他細讀漫談，並不套用理論，「最能看出他談詩的高明之處，乃是他那些搔到癢處，說得痛快的獨到見解。」在從容自如的行文間，他個人的創作經驗和詩作者的寫作經驗往往有疊合之處，而他關懷新詩的前途，他對新詩的觀點，也很有積極的意義。

他在編務繁忙之餘寫下的「魚川讀詩」共有十九篇，自認足以成書了，這種另類詩論可讀可感，並不需要太厚。林黛嫚小姐從他的寫字檯抽屜找到〈山村的「一天」，歷史的「一天」〉，是他對大陸詩人匡國泰詩作〈一天〉的評介，風格近似，雖然不是「中副詩選」，而是《藍星詩刊》一九九二年「屈原」詩獎第一名的作品，我樂於把它編入，湊足成數，二十雙滿。《魚川讀詩》邀請洛夫、莊裕安老少兩位詩人寫了序文，書中並收入他的口述錄音〈魚川讀詩話從頭〉。

至於我自己的《細讀現代小說》倒是稍早在一九八六年由東大出版，推薦者是師大的學長黃慶萱教授。這本書是我邁上現代文學研究的初航，論起淵源還是梅新的緣故。他與商禽、顏元叔合夥辦「雕龍出版社」發行《新月月刊》，又出《新月小說選》，我幫忙校對，忍不住寫了文評，他看了說好，介紹給《大華晚報》「淡水河」，主編曾久芳、吳娟瑜喜歡，馬各、司馬中原、朱西甯、辛鬱也加以鼓勵；我又接手現代小說的課程，於是陸續累積出一些成績。我基本上採行文本細讀，反覆推尋，做綜貫式的解析，把理論自然融入，並設計小標題，連遣詞造句都精心構思。司馬中原先生曾推薦給中國文藝協會，獲得文學評論獎。承蒙劉先生厚愛，我的第二本書《續讀現代小說》仍由東大出版，大致是延續文本細讀精解、提綱分目的作法。第一輯多了幾篇研討會論文，〈沈從文小說中的黑暗面〉談論一般忽視的作家關注的層面；配搭的是〈魯迅小說中的知識分子〉，關懷面比較廣泛；〈葉石濤小說中的鄉土意識〉，針對葉石濤八本小說及相關論著作了歸納整理。本書也多了些千字短評的「長河書影」，是大專學生閱讀書籍的精緻導讀，一本書（金庸武俠小說則是十四本）只用一千字介紹，還附帶評論，寫來極具挑戰性。書中也有四篇是「極短篇賞析」，把千字左右的小說作四、五千字的詳論。現代小說的研究可以多向多元，本書便是例證。

——收錄於逯耀東、周玉山主編《三民書局五十年》，三民書局，二〇〇三年七月

「現代文學討論會」與「鹿橋閑談」

◆張素貞

今年（一九九八）八月，台北召開世界華文作家研討會，張鳳女士就提到梅新《中央日報・副刊》的貢獻。她的新書《人在哈佛》大部分的篇章都是在《中央日報》發表的。張教授邀約我來師大演講，因為梅新的關係，我答應了。

一九九八年十二月十八日，鹿橋應邀來師大演講，定題為：「鹿橋閑談」，這是他的開場白。「因為梅新的關係，我答應了。」文學院大樓誠一〇一大教室的演講會場，除了文友樸月和我，包括國文系系主任蔡宗陽在內的眾多師生大概都聽得霧茫茫。主講的貴賓這樣地公開和我說些隱祕的暗語，也發生在二〇〇四年十一月《聯合文學》二十周年慶祝會之後不久，簡媜應邀來師大演講「散文中的愛恨與情仇」，那是一場非常扎實而豐美的演說。她開場說：平日不太喜歡做演講，但「張教授邀約我來師大演講，不知道為什麼，我就答應了。」這些含蓄的話語，其實無異於一種慰撫，讓身為主席的我，百感交集，我當然知道這也是「因為梅新的關係」。

我知道為什麼鹿橋在一九九八年十二月十日散文集《市廛居》的新書發表會上，特別把我列入貴賓邀請名單。那時鹿橋睽違台灣十八年，應承歷史博物館的邀請到高雄一個學術研討會上演講，正好時報文化出版公司出版了他的散文集《市廛居》，格林文化出版公司出版了他的繪本《小小孩》。他回來了，給台北的藝文界帶來了熱鬧。師大的演講是在這段時間安排出來的。他感念梅新曾在一九八九年十二月為他舉辦一場「現代文學討論會」，討論《未央歌》、《人子》。其實，遠在聯合報一九九三年十二月在圓山大飯店舉辦盛大的「四十年來中國文學研討會」、次年中國時報舉辦「兩岸三邊文學研討會」之前，梅新就憑「中副」精簡的人力，與行政院文化建設委員會合辦過好幾場「現代文學討論會」，那是：

一九八八年十二月二十九日，潘壘的《靜靜的紅河》與《魔鬼樹》討論會，夏志清與叢甦提論文。夏志清撰寫〈頌夏賞秋，嘆春惜冬——評析《靜靜的紅河》〉。

一九八九年四月十六日，潘人木的《蓮漪表妹》與《馬蘭的故事》討論會，王德威與琦君提論文。王德威撰寫〈《蓮漪表妹》——兼論三〇到五〇年代的政治小說〉，琦君撰寫〈一棵堅韌的馬蘭草〉。

一九八九年十二月十七日，鹿橋的《未央歌》、《人子》討論會。莊信正、王文進、周腓力提論文。莊信正：〈《未央歌》的童話世界〉、王文進：〈南方有佳人，遺世而獨立——談鹿橋及其《人子》〉、周腓力〈歷盡滄桑一奇書——《未央歌》〉。

一九九〇年一月六日，「現代文學討論會」余光中撰寫〈一塊彩石就能補天——周夢蝶詩境初窺〉。

一九九一年一月十一日，彭歌的《落月》、《微塵》、《從香檳來的》討論會，黃慶萱、潘人木提論文。黃慶萱撰寫〈信念與事實之間——漫談彭歌《從香檳來的》的主題、情節和人物〉；潘人木撰寫〈樹樹生秋色〉，討論《落月》、《微塵》。

一九九一年四月十二日，朱西甯小說的討論會在高雄中山大學舉行，王德威、張大春提論文。王德威撰寫〈鄉愁的困境與超越——朱西甯與司馬中原的鄉土小說〉，張大春撰寫〈那個現在幾點鐘〉。

一九九一年十一月八日，「現代文學討論會」，夏志清、張曉風提論文討論琦君與陳之藩的散文。夏志清撰寫〈母女連心忍痛楚——琦君回憶錄評賞〉，張曉風撰寫〈日色中亦冷亦暖的青松——論陳之藩的散文〉。當天《中副》刊出夏先生文（上），林黛嫚亦撰寫〈靈感本子紀錄溫柔敦厚——琦君談散文的原則與語言〉。

這些會議經過精心設計，敦請學者與作家各提論文討論作品，映照不同角度的文學觀察。多篇論文後來成為經典，不斷輾轉被援引做為論據，也堪稱「中副」對文學、學術、文化的貢獻。朱西甯討論會會場從報社的十一樓會議室移往高雄中山大學舉行，是對文藝界活動重北輕南的一種調節，會後還安排與會的人員暢遊墾丁。柯慶明教授的〈斯約竟未踐〉（註一）一文，歷數相識、相熟，互相勸勉、支持的種種，也談到「中副」墾丁之旅的詩人、作家聚談。

關於夏志清的兩篇論文，後來不知為何，並未收入夏志清的論文集中。韓秀整理夏志清的書信，奇怪的是，明明夏先生曾兩次寄贈新撰的評論文章，都是接受「中副」梅新的邀約撰寫的，琦君的那篇，寫時還「傷肝動肺」，自己很滿意，怎麼能就此消失了呢？韓秀商得允晨廖志峰先生的同意，在新書《尚未塵封的過往》做為「附錄」保存了下來（註二）。

如果往前推溯，鹿橋與梅新的文學因緣，還應該更提前。一九七九年，鹿橋休教授年假，來台暫居六個月。那時梅新主編《台灣時報・副刊》，製作很多人物專訪。四月二日，我陪他去訪問鹿橋太太薛慕蓮女士，由我根據錄音、筆錄重點組合撰寫，經鹿橋過目修正，並要求鹿橋也寫一小段「旁白」。鹿橋的「旁白」不同於一般的虛應客套，而是提出對常態訪問稿的觀察。文章用「張雁棠」的筆名，〈鹿橋太太談鹿橋〉於五月二十一日刊出。一九八七年，適值抗戰勝利五十周年，文訊雜誌社主辦「抗戰文學研討會」，我承蒙李瑞騰教授的邀約撰寫論文發表。由於短期迫促，無法依囑就抗戰文學做廣泛的探討，便選取創作上風格迥異的兩部小說細讀深論，撰成〈從浪漫到寫實——《未央歌》與《滾滾遼河》的創作模式〉。鹿橋可能閱讀過這篇文章。所以，基於以上的文學因緣，在《市廛居》新書發表會上，他特別交代約我去會面，把我列為貴賓；我邀請他到師大演講，他居然先敘說一九八九年十二月「中副」主辦的鹿橋作品研討會，讚揚梅新身為文化人能如此關懷文學實為難得，結束時還說：「謝謝梅新」。

樸月曾在一份電子郵件中寫到：

姑父說，梅新在「黨報」的包袱之下，許多事很難做，可是他還是盡力做了。他也以梅新為他辦研討會為例，覺得真難為他！而且，就他了解，梅新對部屬很好，有擔當。不比有些人，有「好康」的搶功，遇到不好的事，把責任往下推。

（樸月，二〇〇六年二月八日）

由於樸月是音樂家李抱忱的義女，鹿橋夫人是李抱忱的表妹，便以「姑父、姑姑」稱呼鹿橋伉儷，而且也貫徹實踐，情同家人。梅新在外拚場，拉稿、做企劃，廣結善緣，與人為善，而往往不盡能完滿。其中艱苦，難以言宣，鹿橋幾句評量真是體貼而中肯。

後來我細讀《市廛居》，深受感動，撰寫了〈君子儒的靈修內省——鹿橋的散文集《市廛居》〉，分別從：盡物之性、體貼人情、農家情操、朋而不黨、腳底事・天下事五個項目談論，點明鹿橋散文與《未央歌》、《人子》的主題意識前後相貫串。二〇〇七年文訊雜誌約稿，我又撰寫〈自然生色——鹿橋其人其文〉，標出四點：理想書寫、自然盡性、愛人惜物、朋而不黨，綜括鹿橋的人格與作品風貌。在鹿橋來師大演講之後，我與樸月時有交往，很高興她編著的《鹿橋歌未央》，收錄了〈鹿橋太太談鹿橋〉及〈從浪漫到寫實——《未央歌》的創作模式〉（節錄）二文。她起初是請教探問，才知道「張雁棠」就是張素貞，便直接採用本名編入；張恆豪主編的鹿橋彙編轉錄文章、目錄也就沿襲下來。對鹿橋來說，我的論文也算得上是「體貼人情」：我理解他的「理想書寫」；《市廛居》的論文獨具隻眼（其他都是新聞報導），〈自然生色——

鹿橋其人其文〉也大抵做了精要的綜括論述。我書寫這段文學因緣，內心充滿著對許多學者、作家的敬思與感懷。

註一：原刊《中央日報》副刊，一九九七年十一月十二日～十四日；收入《他站成一株永恆的梅》及作者《昔往的輝光》，爾雅出版社，一九九九年二月。

註二：《尚未塵封的過往》，允晨文化公司，二〇一六年一月。

——原刊於《中國語文》七二二期，二〇一七年八月

輯四

志事

梅新說詩

◆梅新

《再生的樹》後記

過去的十多年，我的詩風有過幾回自覺性的轉變。青年時期（一般稱為詩的年齡）的熱情，我也曾不加抑制的任性地表現過；但對人性作更深一層的觀照，又何嘗不是我所要探求的？在技巧上，我曾苛刻的要求自己，竭盡所能地一首詩呈現一副新面貌。

我還記得：二十四歲那年，是我生命呈現最黯淡的一年。乏人照拂，乏人啟迪。對於一位不願失落的青年，唯一能磨鍊他的智慧的，是閉戶苦讀，去充實自己，教育自己。但對學園外那種缺乏體系、未經提煉的知識囫圇吞棗的結果，是產生嚴重的消化不良現象，過分的鑽牛角尖，藝術思想的桎梏，沒法解脫。加上自己現實環境的不景氣，我也曾一度十分消沉，一時想不開，自殺武器都已經「上膛」了，但在我的腦中，倏然閃亮幾行詩句：「鹹在海底的星星／鹹了幾千幾百萬年／仍鹹不出一個／屬於他們自己的青空。」多麼美好的詩句！我樂不可支，嚷著跳下床，推門而出，五月的夜空也像是鬆開了憂鬱的臉孔，展示了明日的晴朗。這幾行詩，不但在千鈞一髮之際挽救了我的生命，且引發了我對詩的熱情。在此之前，我讀詩作詩只是興趣；在此之後，詩卻成為我一種信仰。

至於我選〈再生的樹〉這首詩的詩題做為本詩集的書名，並不是它特別好，實在是由於我的生命的成長頗近似這首詩的內容。

——收錄於《再生的樹》，驚聲文物供應公司，一九七〇年九月

雨淋山石青

〈椅子〉，並不是集子裡最好的詩。我用它來做書名，是因為它確實寫出了我某個時候的心境，現在讀來，仍能給予我某些感受。

在另一首〈課長的前途〉詩裡，椅子也成為主題的重要象徵。

不真就不是文學。我認為詩人作家的生活環境可以狹窄，但觀照必須要來自自己的生活世界，否則情感必將落空，情感一落空，一切的努力全是白費。

我寫〈椅子〉，當然不是單純的椅子，而是這個椅子充塞的世界的一點一滴。在這個集子裡，有椅子的詩雖然只有兩首，我相信它將是我今後文學思考的一個開端，我決定用它做書名，多少有藉以象徵我今後努力的方向的意義。

《中外文學》一連兩期刊出我的〈詠石詩〉，「雨淋山石青」，雨後的石頭特別顯現得有生命。我由浙東來台灣，家鄉事物記憶猶新。長長的青石巷子，雨後的鄉村，有著絕佳的風景。石砌的橋，發光發亮的石板路，在晴天，似乎沒有神采，而一陣雨後，便全都活了。

我的詩，本來走的就是平白易懂的路。近幾年，我更是一心想用白描的手法寫詩，力求詩的口語化。老實說，這條路我走得很艱苦。懂詩的人，有創作經驗的人，都知道詩是愈平白愈難寫。平白之中還得要有詩趣，詩趣的把握，不能用艱深的文辭，以藏意的手法完成。因此，我的產量不夠豐富，其至可以說是一個接近難產的詩人。雖然如此，我還是會堅持下去。

——收錄於《椅子》，成文出版公司，一九七九年六月

與朋友書——寫在詩集《家鄉的女人》之後

我主張五年出一本詩集，另外還有一個原因，是我替自己訂的一個寫作的限額，一年寫詩不要超出十首，只許少，不許多。而必須是，寫一首，就有一首的水準。

幾十年來，我堅持要替自己設限的原因，其一是，我始終認為好詩不必多。多產，而又多是好詩，當然好，但是，可能性極低。其二是，創作應力求避免題材的重複。

性格選擇題材，題材決定風格。近年寫詩，我愈來愈覺得題材的重要。我認為，詩人應該多親近表層冷峻無詩，內裡情多堅貞的事物。寫黑潮，不寫狂瀾；寫被導遊的人，不寫導遊。唯其

如此，詩的內容將若中年男子的心境，沉穩而具象。沉穩而具象，是詩的至高境界。

我的性格中有個非常大的弱點，就是喜歡「自我挑戰」，有時是不自量力的。比如寫詩，我常愛尋找一些很難入詩的題材來嘗試。不過跟自己挑戰還是比較過癮，永遠沒有終止。無論到什麼地方，做什麼事，總希望，自我要求因我的出現而有所改變，有所創新。否則，我會覺得我的出現是種多餘，沒有任何意義。清儒龔自珍的一句話「但開風氣不為師」，最得我心。我寫詩或工作，受這句話的影響很深。

前年我回家探親，家鄉的女人，已不是我兒時記憶中的女人。記憶中的女人，似乎有一種生活在傳統規律中的秩序美。女人容忍、操勞的美德，全都在那規律秩序中表現了出來。也許我詩中描繪的景象仍然存在；也許是我停留的時間太短了，無法重溫兒時所看到的「家鄉的女人」的種種。〈家鄉的女人〉，我用它來作詩集的書名，是因為它代表我某一個時期的心境。今後，我可能很難再寫這種詩了。

——收錄於《家鄉的女人》，聯合文學出版社，一九九二年十二月十五日

魚川讀詩

葉維廉一直很小心地在求變。童詩與散文一樣，是易寫而難工。既要意象，又要童趣。〈童年是——〉是他最新的作品，是寫童詩之後的產物，所以相當富有童趣；他創作時的心理活動也

相當活潑。

讀者如果有興趣，我認為可以依自己的經驗「接龍」下去。我先接一個：

童年是

終日無所事事

來到池塘邊，看見池塘裡有個大漩渦，以為那是通往另一個世界的通路。

（葉維廉的〈童年是——〉）

〈青蛙案件物語〉是意象清新的自由詩，「後記」則為有情有趣的散文詩。兩者其一為「金枝」，其一為「玉葉」，是詩人作「青蛙」的意外收穫。「青蛙」的成功，應與「後記」合起來評論。

我們現在所寫的，未必是現在所發生的事。

管管的這種「後記」，我不排斥，而且欣賞。因為它是詩，不是解釋詩的附庸。它為「後記」文體開了新例。（管管的〈青蛙案件物語〉）

很少人了解詩是可以寫氣氛的。詩不見得一定要告訴你什麼。「採菊東籬下，悠然見南山」，陶淵明寫的是剎那間的心境，是最真實的人格的呈現，至於「南山」是否確有這座山，便

不十分重要了。（羅任玲的〈下午〉）

一首好詩的完成，必須先有感性，而後再透過文化的思考，圓熟技巧的營造，讓知性進來，加強意象的深度與廣度。文學家知性的思考是絕對有其必要的，而且是必須強調的，否則諸如生命的、人性的、歷史的主題都無法顯現。可是文學拒絕純粹知性，因為文學不能失去對感性的把握。（零雨的〈愛之喜組曲〉）

有人說詩人是終身職，詩人是永不退休的。我甚至堅信每位對繆司盡忠職守的詩人，臨終時，他的腦海裡還會留有尚未成篇的詩句，隨他的軀體埋入土中。（洛夫的〈初雪〉）

——收錄於《魚川讀詩》，三民書局，一九九八年一月

《現代詩》復刊緣起

◆梅新

我的第一首詩，發表在《現代詩》，我用的筆名是「經緯」二字。地球不是有經緯度嗎？看我當時是多麼的雄心壯志，多麼的年少幼稚。

就這麼一點因緣，我對《現代詩》有一層很深的情感。這也就是《現代詩》停刊十八年後，我還要將它復刊的原因。籌備之初，亦有人主張另起爐灶，理由是，《現代詩》已停刊多年，年輕一代不見得知道有這份刊物。但討論結果，大家覺得還是應該復刊《現代詩》，因為大家對它都有一份很深的情感，不復刊，還是會懷念它。

第一次籌備會議，是在我家開的。時間是七十年六月十二日下午，大概是詩人節的前一兩天。地點是台北市景華街一五八號三樓。結婚後，我已搬過五次家。那是我第四個居住的地方。我一向瀟灑，不習慣收存文件，但最近整理抽屜，卻發現《聯合文學》創刊時的計劃案和《現代詩》的復刊會議記錄，竟放在一只牛皮紙袋裡，妙不？《聯合文學》是因我在一篇文章中倡議而創辦的，所以創刊計劃亦由我草擬，沒想到至今已成為文壇上的一份重要刊物。我雖然多事，但想來也頗為安慰。

那天到會的《現代詩》同仁有：羊令野、辛鬱、羅行、商禽和我。從下午二時討論到六時，從復刊後的人事安排、內容規劃、經費張羅，到號召當年《現代詩》同仁歸隊等作了多項決議。羅行是律師，在司法界聲譽甚隆，所以我們還責成他研擬辦法成立「現代詩基金會」暨「現代詩獎」。林泠的先生翁中軍還曾捐贈一筆款響應成立現代詩基金的事。基金會至今未成立，那筆款子也貼補到詩刊的費用中用掉了。但我們對成立基金會和設詩獎的事，從未死心。

那天討論時間最長的，是在內容方面。雖然大家腦力激盪結果，列了許多專欄名稱，希望復刊後的內容豐富而多姿。但有個共同的主張，無論怎樣雜誌化，必須以創作和評論為主，且必須有一半以上的篇幅刊登創作。因為詩刊如不能在詩的質量方面有所提昇，就失去辦詩刊的意義，將來的影響力亦必然有限。我們甚至認為，實驗性強，即使青澀一點的作品，我們都應給予適度的重視。

羅行是《現代詩》復刊後的發行人，同時於近期內又有美國之行。所以就請他到舊金山徵求紀弦的同意。因為刊物是他創辦的，明明知道他會很高興，但我們應當事先知會他，這是基本禮貌。同時也請羅行到美國東部聽詢鄭愁予、林泠和方思等的意見。

籌備會是開過了，計劃也訂出來了，但刊物並非因此就可以如期出刊。諸如稿件問題，經費問題；以及復刊消息外洩，其他詩社質疑復刊《現代詩》之意義，而波及部分同仁的初衷等等，全是問題。巧的是，該年秋天林泠回來探親。林泠十三歲發表第一首詩，十五歲完成震懾文壇的〈四方城〉等名作，是十足的天才型女詩人。大家都很喜歡她，也很敬重她。在我們這一群人之中，她的年齡最小，所以不呼其名，而叫她「小朋友」。當我告訴她，我們有意復刊《現代詩》時，她說她亦早有此意，而此趟回來，除了探視母親，另一目的就是為了替我們打氣，希望早日見到《現代詩》叱咤詩壇，並在敦化南路一家川菜館宴請我們，而加速了《現代詩》復刊的腳步。

我編完復刊號第八期，便延請青年女詩人零雨來接編。我辭卸的理由，是因為工作忙無法兼顧，固然是事實；但青年永遠是《現代詩》的希望，凡是優秀而對文學有熱忱的年輕人，我們都希望他們到《現代詩》來發揮。加之鄭愁予、林泠等人對零雨的詩，都有很高的評價。所以我這一棒，便順利的交出去了。

記得零雨決定接編《現代詩》之後，我們曾在台北忠孝東路名人巷杜老爺餐廳有過一次長時間的談話，值得一記。我很喜歡到杜老爺喝咖啡，花多，裝潢雅。國外回來的朋友，我都喜歡帶他們到這裡「炫耀」台北人的生活。而談論比較嚴肅的文學等話題時，我也總是選擇在這地方，時間多半是下午二時以後。

我們那天的話題，幾乎全繞著《現代詩》的過去和未來。我多半談過去，她多半談未來。在這裡我只記錄我的，零雨的部分，以後由她自己去寫。

《現代詩》創刊於民國四十二年二月，到民國五十三年二月宣告停刊，前後正好十一年，共出了四十五期。民國以來，出版的時間比它長，出版的期數比它多的刊物，多的是。而這麼一冊小小的刊物，厚不過數十頁，三十二開本，只有當年《新青年》雜誌一半大，但卻改寫了中國現代詩史，將中國的現代文學運動浪潮，帶上一個至高點。並且它對中國文學的發展還要繼續的影響下去。我曾試著歸納出幾個原因。第一，刊物名稱便已明確的標示出追求的目標了。這是非常重要的第一步。所有的目標，對行動者都有激勵作用。所以我常想，假若《現代詩》換一別的刊名，目標沒這麼鮮明，詩的風格的創新，和技巧的現代化，其成就，很可能不若現在這樣大，這樣的源遠流長。

第二，現代派的六大信條，連紀弦自己也不見得能條條信奉。而其中「我們是有所揚棄，並發揚光大的包含了自波特萊爾以降，一切新興詩派之精神與要素的現代派之一群。」這一條，無形中對一批有才能、有理想、有向高難度挑戰的詩人，發揮了潛在的鼓勵作用。林亨泰的符號詩，實驗性極強的黃荷生的〈門的觸覺〉，如果紀弦沒有那麼寬廣的詩的世界，是很難被接納，並以重要篇幅強調出來的。他們的詩，對詩的現代化具有催化作用。台灣現代詩之現代化，是由《現代詩》諸君子推動，實驗成功的，這個事實我想很難有人可以加以否認。

第三，《現代詩》詩風的多樣性，為其他詩刊所罕見。因此顯得特別活潑，充滿著朝氣。

第四，那時，我們都非常年輕，進出紀弦家裡的，幾乎全是一群穿中學生制服的學生，和一群尚未長毛的小兵。這群文壇的「毛孩子」，初出道就顯得身手不凡，他們那時寫的作品，至今仍為年輕一代模仿的對象。年輕，加上作品優秀，所以他們的影響才會如此之長久，才會四十年後仍未退休，仍精力充沛的活躍於詩壇。他們雖然經歷了無數次的文學論戰，以及有各種雜音自文壇響起，影響文壇寧靜已經很久了，但他們始終能堅守著文學的堅貞。守著文學的堅貞也是《現代詩》的精神，今後我們將繼續守著它，直至永遠。

——原刊於《現代詩》復刊二十期，「《現代詩》四十年紀念專輯」，一九九三年七月

《現代詩》復刊初期

◆張素貞

《現代詩》復刊初期，指的是復刊後梅新主編的前八期。七、八合期，而手邊缺二期，本文謹依據復刊初期的六本《現代詩》來觀察。

《現代詩》復刊，醞釀多時，經林泠回國激勵、大體具備共識之後，從展開首次籌備會，羊令野、羅行、商禽、辛鬱和梅新談論了四個鐘點；到創刊號出刊，整整一年。復刊版型由三十二開到二十五開稍微放大，復刊得很徹底，連封面美術設計都保留，只是以每期「現代詩」方框套色變化。發行人羅行，社長羊令野，編輯者現代詩社編輯委員會；第四期以後，加列委員：方思、白萩、辛鬱、林泠、林亨泰、季紅、瘂弦、梅新、商禽、彭邦楨、鄭愁予（筆劃序）。頁數在一二八～一五四之間。內容主要為：論評、創作、專題討論、譯作、史料、現代詩經典作、歷史鏡頭、隨筆、詩人書簡、詩人日記。

《現代詩》復刊，堅持詩作必須占相當的比重，首刊就有四十八家詩人的作品；復刊號超越詩社派系，舊雨新知，一概歡迎。紀弦詩心未老，除了論評，又是創作（四篇），又是書簡〈給朋友們的信〉（十四封）。六本詩刊中，陳克華和零雨都是新秀，陳克華連刊了五次；創作刊出四次的有：鄭愁予、羅英、李娟娟、零雨；刊出三次的有：羊令野、季紅、向明、管管、梅新、莊垂明、謝馨、草川；刊過兩篇的有高大鵬、楊笛、碧果、辛鬱、張堃、胡品清、彭邦楨、商略、羅青、趙衛民、夏宇、朱沉冬、陳家帶、渡也、汪啟疆、林錫嘉、梁翠梅、鍾順文。只刊過一次，也表示支持，成名的詩人有：林亨泰、商禽、白萩、桓夫、李政乃、楊牧、葉維廉、非馬、羅門、蓉子、藍菱、彩羽、白靈、林煥彰、許世旭、上官予、陳義芝、蕭蕭、初安民、林彧、趙天儀、苦苓、劉克襄，還有新銳鴻鴻、游喚、岩上、江萌、菡影、馮青、萬志為等多人。梅新說：讓《現代詩》的老將一個個繼續出山，也是我們復刊《現代詩》的目的之一。這方面，大抵成功。創作上，林泠、方思、柏谷都有兩篇，他們和藍菱一樣，還兼譯作或論評；秀陶、李莎、楊允達出手了，連「摘下翅膀送人」的黃用也再度飛翔。

在譯作方面，柏谷與葉笛譯介日本現代詩，林泠和藍菱輪譯波赫士詩選，陳柏豪翻譯韓國詩人徐廷柱新作二首，胡品清譯介法國當代殘障詩人瑞・布斯蓋其人其詩。愁予、向明、商禽也有譯作。

《現代詩》復刊每期都有論評。林亨泰是論述大將，四篇論文：〈現代詩的形式與內容〉、〈象徵價值的創造及其他〉、〈從「迷失的詩」到「詩的迷失」〉、〈詩的創作〉。綜論性質的有林煥彰〈略談台灣的兒童詩〉、白靈〈淺析鄭愁予的境界觀〉、蔡源煌〈論探源式的批評——

兼評《七十二年詩選》〉，以及梁景峰譯介〈《人類的黃昏》——德國表現主義詩集〉。評論個別詩集的，有向明評介〈紀弦第一本詩集《行過之生命》〉、方思〈《巴黎意象之書》序〉、圖籐〈六十年代的絕響——秀陶的詩〉、世堯〈欲擲的頭顱——（愁予）《燕人行》印象〉，以及單篇詩作的：季紅〈析論商禽〈無言的衣裳〉〉、陳克華〈文明的翦影——試評（零雨）〈城的歲月〉〉。季紅和陳克華的評文，都是就前一期詩刊的詩作發論。有些則是詩人的深察體悟，如商禽的〈詩思斷想〉、辛鬱的〈詩與人生〉與〈為「真實」而寫〉、李魁賢的〈狼〉、紀弦〈最後的詩論〉與〈詩論號外〉。

《現代詩》復刊的專題討論有五次登錄。眾多詩友聚座談論同一主題，與作者交換心得，深入探討。首先選擇黃荷生《觸覺生活》，傅倩記錄〈門被開啟——黃荷生作品討論〉，在第三、四期刊出。編委梅新、瘂弦、林亨泰、商禽及羅行五人無役不與，另出席者有黃荷生、林煥彰、張拓蕪、季紅，對《觸覺生活》的抽象思考、重新組合、獨創、近乎無象的語言，做了充分的討論。第二次詩作討論，《林亨泰詩集》研討會：〈非情之歌〉，刊在第六期。五人組之外，出席者洛夫、向明、辛鬱、白萩、劉克襄、陳克華、周安托，討論者多了幾位思辨性強旺的生力軍，發言更多面向。結構特殊，靜中動，簡中繁、理中情、冷中熱，音樂性的追求，現象學的精神，理性的美，內在的反省，技巧不同，林亨泰寫的卻是鄉土。第三回作品討論，林亨泰主持白萩詩集《詩廣場》討論會，由蔡珠兒記錄，刊在第七、八合期，五人之外，更多的詩友加入討論，那是白萩、向明、季紅、洛夫、侯吉諒、張默、菡影、趙天儀、彭邦楨。時在一九八四年十月七日下午，剛慶祝過《創世紀》三十周年，中央圖書館正舉行三十年現代詩特展，有個現代詩三十年回顧展座談會。白萩十九歲以〈羅盤〉受覃子豪推薦而獲中國文藝協會第一屆新詩獎，曾加入「現代派」，當過《創世紀》編輯委員，更是《笠》詩刊的創辦人之一，參與討論的詩友也來自不同的社團。大家精讀細論，經過六個小時熱烈的研討，大抵可以歸納：白萩的《詩廣場》是現實主義的，同時也是超現實的。有思想，詩中充滿了飛翔的意象，意象耐人思考，大多是政治文學。語言的「斷」與「連」，具有強烈的矛盾戲劇感，詩中還蘊藏高度的音樂技巧，如主題變奏、迴旋曲等。他也是從舊詩詞中走出來，能汲取西方文學的菁華、技巧，才具有獨創風格的。

另一次的專題討論，論題是：現代派六信條的默察與省思，管家琪記錄，刊在第五期。

出席者羅行、梅新、瘂弦、林亨泰、商禽、辛鬱、鄭愁予、羊令野、楊牧、陳克華、菡影。梅新說明：愁予回來一次不易，想藉此聚會兼談問題，又特別邀請瘂弦、楊牧、陳克華來參加座談。主持人羅行報告《現代詩》的創始與復刊的曲折經過：當年還有《南北笛》雙週刊，刊出的作品不比《現代詩》少。我們曾復刊《南北笛》，一九七四年吳望堯提議復刊《現代詩》，都因稿源不足而作罷。瘂弦從史料上說明：戴望舒一九三六年辦過《新詩》雜誌，和左派抗衡，紀弦是要將，受了影響，也因此信條中有一條「反共」。「詩是橫的移植，而非縱的繼承」常受批駁，其實紀弦是因處於詩革命的過渡階段裡，這樣講才能突破傳統向前衝刺。林亨泰補充說：原來草案最後一條是「無神論」，正式發表時已改為「愛國、反共」；又說，《現代詩》最初是十六開，是季刊，從第五期以後才改為三十二開。鄭愁予說：中國傳統是由生命力衍生的文化道統，而詩的表現手法以及如何掌握敏感的詩質等過程，就是「橫的移植」。現代派的人並不在反傳統，只是不重複它而已。「注重知性」，當時方思、瘂弦已寫非常多的好詩，林亨泰也嘗試新的技巧，他們並非奉行什麼信條，紀弦只是把大家的「點」整理出來。反浪漫主義，主知性而排斥情緒的告白。林亨泰說：詩人走向「知性」而持著「批判的眼光」，應該也是一條可行的途徑。楊牧說：紀弦強調法國詩的純粹性，超越一般學院注重英詩的見地。商禽提及紀弦一篇文章〈抒情主義要不得〉，被余光中等人攻擊。楊牧說：抒情詩只是和戲劇詩、史詩（敘事詩）不同的分類，不單是小我的愛情、親情，對上帝、對大自然、對宇宙的讚美也是一樣的抒情，技巧可能不同而已。紀弦可能誤解抒情詩的整體意義了。陳克華說：形式就是內容，處於任何的時代都有自己特殊的感覺，現代人不可能再去寫唐朝人的東西。所有的作品都必須經過理性的提煉，寫詩要抱著實驗的態度。新詩也應該具備音樂性，這方面給我最大啟示的是林泠。

瘂弦在史料上下功夫，撰寫四篇「中國早期詩人小傳」，系統地介紹臧克家、李廣田、艾青、林徽音；另有一篇個人生活隨筆。張肇祺〈一個逃兵的告白〉，談及不再寫詩而與詩仍然密邇相關。原以沈甸筆名寫詩的張拓蕪寫了四篇隨筆「學步記瑣」，歷數自己讀詩學文的來時路，活潑生動。

《現代詩》復刊每期一篇「現代詩經典作」，刊出沈尹默〈三弦〉、周啟孟〈小河〉（一九二二）、康白情〈江南〉、廢名〈十二月十九夜〉（一九三七）、梁宗岱〈太空〉。還有名著精選宗白華譯的〈席勒和歌德的三封通信〉。商禽的畫作曾以「詩人副業」之名做為封底；

楚戈詩、畫同一版面做封底，相當耀眼。《現代詩》復刊號封面扉頁的「歷史鏡頭」，常刊珍貴的詩人活動照片。比較瑣細的，如季紅致羊令野、梅新致紀弦的書函，王璞珍藏楊喚論詩書簡，以及梅新的詩人日記、羅行的校對後記，也許留一些雪泥鴻爪，至少幾位詩人曾如此這般忙碌過。

一九八二年，當時任教於師範大學、中央大學的美籍學者馬壯穆（John M. Mclellan）撰寫〈現代的抒情——兼評詩人林泠〉（智澄譯，刊第一期）。先報導林泠作品被選入國際馳名的企鵝公司出版的新書《企鵝世界女詩人選集》（*The Penguin Book of Women Poets*），那選集入選詩人一九二人，從古埃及至現代，中國女詩人則包括朱淑貞、李清照、秋瑾、冰心、林泠等人。中國女詩人作品的英譯，多半採自鍾玲與王紅公（Kenneth Rexroth）合譯的《蘭舟集》（*The Orchid Boat*）。適巧洪範書店也出版了《林泠詩集》，楊牧寫有長序；這項殊榮見證林泠的詩藝，更添光彩。

林泠是《現代詩》復刊最大的功臣，雖是梅新與羊令野、羅行、商禽、辛鬱等人共同致力合作，她無疑是凝聚詩壇、團結力量的核心人物。她出資金提意見，多方鼓勵，使梅新的膽氣壯大許多。《現代詩》復刊，無門戶之見，約稿範圍非常之廣，編委海內外各詩社成員都有。第三期扉頁刊有一張彌足珍貴的黃用、林泠、瘂弦三人合照，林泠在照片背面題寫：「現代派、藍星、創世紀北美會師：一九六七年夏林泠遊經愛荷華城，走訪瘂弦及黃用，攝於小說家聶華苓寓所前。」一對於復刊的一大目的：鼓舞資深詩友復出歸隊，有許多位便是靠林泠力邀而重提詩筆。零雨接編後的《現代詩》復刊號，出版詩刊、叢書，一度甄選推薦新人出版第一本詩集，在台諸人固多奉獻，仍是多虧林泠的鼓勵和支援。甚至梅新匆匆撒手西去，一年後詩選編選，也由林泠主其事，愁予寫序，莊裕安寫後記，無不出自林泠的規畫。爾雅隱地慨允出版《梅新詩選》，則又為《現代詩》復刊劃下了美麗的句點。

二〇一七年六月十五日完稿

七月十日修正

從復刊第九期說起

◆零雨

只不過戲為幾首詩，偶爾幫忙校對，突然《現代詩》主編之責就落頭上來了。時在一九八六年，剛由美歸國，為了生活，逼得去謀了一份教職，也被梅新點召去兼了一份國文專業雜誌。剛忙完異國時空交錯、人種混雜，以致氣神耗盡的身軀，此刻又強撐起為人師表及幕後英雄兩大角色；接著又自不量力，收下這一份悠久詩刊的主編工作，才知大大不妙。一來對詩的認識極為有限，創作也才剛起步。二來對詩壇一無所知。如何邀稿？如何策畫？都是問題。最嚴重的是對這詩刊的嚴肅性與神聖性，全無體認，以為它與一般坊間刊物並無二致，所謂「初生之犢，不畏虎」正可形容當時我的情形。

最初接編《現代詩》已是復刊第九期，美工部分由魏綾鴻小姐大刀闊斧，版面則由原來的三十二開（編按：復刊後八期為二十五開）改成現在仍延用的菊十二開。並打破一般閱讀習慣，兩面皆可翻閱，一面翻起是詩，另一面翻起卻是文；有時目錄藏在中間書頁，任由讀者尋寶去。

這樣的版面一出，造成小小震撼，有些人專為它的版面而加以收藏，這是我們始料未及的。如今庫存的復刊第九期只餘二十餘本，成為珍貴藏書，不輕易贈人。

美工設計方面，除魏小姐外，其後又有陳泰裕、石某幾位好手助陣。自十四期起，即由楊莒蓉小姐為《現代詩》負起妝點門面的重責大任。在此特致上感謝。因為他們幾位的熱心奉獻，才得以讓這一份刊物，增添了藝術的風貌，而他們的才華也由此展現讀者面前。尤其楊小姐，基於一份對文學的熱忱，不計象徵性的微薄酬勞，每一期均精心編製，令人敬佩。其他為《現代詩》付出心血，如攝影、記錄、贈書，以及來函批評鼓勵的朋友們，當時未能一一致謝，現在藉此一角，鄭重向各位道謝。當然更要感謝賜稿的諸位詩友方家，因為你們的盛情，使這份刊物有了更豐實的生命。我期待這份生命力能傳之久遠，永垂不墜。

回想我主編之時，固然遇到許多困難，有來自外在的，也有來自內在的，以及體力的緣由，使這份詩刊未臻完善。一方面固是大環境好景不再，把詩推入一個惡劣的情境；一方面確也是我能力菲薄之故。好在林泠、梅新、鄭愁予諸前輩，時時耳提面命，引喻取譬，常能切入詩髓，使我獲益良多。有時一句平常笑語，亦飽含詩意，令人頓悟創作的妙趣與要訣。他們對詩的看法，並非只於其詩論中尋，舉凡其平日言談、動靜之間皆有詩。於我來說，這是最真實的詩論。尤其林泠，時時給我電話，來信中也無不是詩的片語。她總有自己的觀點，時時點醒我，常使我興奮，亦常使我慚愧。她是我的詩學導師。何其有幸，我以一個無知的作者，藉編輯之便，親炙這些前輩詩人，復而在心中琢磨他們的話語，如琢磨一份珍貴的創作教材。另有許多詩人方家，將他們的手稿首先出示於我，彷彿那墨跡是未乾的，猶帶著不滅的夢想。亦常為我的借鏡。故而六年的編詩過程，如奇蹟一般，一舉度過了年少空洞的歲月，踏上了創作之路；因而我常想，我真幸運。

我在此特別感謝諸位前輩，多年來對我的肯定與支持，但我自知能力、體力二缺，不足以再擔當重任。原以為藉著前年（一九九一）前往哈佛研究一年為由，可以辭卸編務，不料並無繼任人選推出，而使詩刊出版中斷一年。返國之後，深感慚愧不安，積極與各詩友前輩商議，並推薦優秀少壯代詩人鴻鴻擔綱，獲得一致通過。我在六年中最感遺憾而未能做到的工作，例如人才的發掘與培養，以及第二屆「第一本詩集」甄選的暫停，現在一一交與鴻鴻，有待他圓滿達成任務。就從這幾個月，鴻鴻所展現的熱忱與執行能力看來，他無疑是最佳的人選。各位可從他接編的復刊第十九期中看出，上述第一點他已認真在做；而第二屆「第一本詩集」的評審工作也正順利進行中。甚至今年（一九九三）三月二十八日，《現代詩》史無前例，於誠品書店舉辦了「新作發表會——抒情的嘉年華」，獲致讀者熱烈的回響。接下來尚有好多叢書、詩選以及詩社活動要交給他。好在鴻鴻除了是一名優秀的創作者之外，他尚以其編導的本行、充沛的精力與熱情，興致勃勃地提議、參與、推動，甚而主持種種有關詩的活動——《現代詩》正需要像他這樣一位「全方位」的主編。每當看到鴻鴻，我彷彿看到《現代詩》世代交替的力量在他身上產生作用，我為此深感驕傲。

回顧六年中，有一、二事或可稍慰不安於萬一。一是叢書的設立，使一些優秀的詩集得以出版。但這亦非我之功。溯自一九九〇年，我擬出版個人第一本詩集，林泠極力支持我，並屢屢提到以《現代詩》名義出版，才有了叢書復刊的開始。接下來又陸續推出夏宇的《腹語術》、孫維民的《拜波之塔》，以及「第一本詩集」得獎作品——黃廣青的《受難前書》，均深獲好評。叢書的出版日後仍會繼續，鴻鴻已策劃數種，即將面世。二是「第一本詩集」獎的創立。這是由林泠首先提議，而由我執行完成第一屆的評審及出版工作，目的在發掘新秀並加以鼓勵。此鼓勵方式不似一般大眾傳播媒體，以高額獎金打動創作者；我們願以更平實的方式呈現新生代詩人完整的詩風，並特意選出風格新穎、別出新裁的作品，以有別於目前詩壇的流風惡習。這個詩獎已在全球華人地區傳開，從來自世界各地的稿件即可證之。我希望這些作品都能成為未來現代詩發展的生力軍。

在此六年中，未能避免地看到了詩壇的浮沉，詩人的真假；有時令人喪氣，有時令人欣喜。但總有一個信念在編輯的瑣務中引導著我，那就是：藝術永無止境，作品說明一切；名與實或不相副，而文風與其人則不相牴觸，只待明眼人。然而，話說回來，一個「名」「實」不能相副的社會，詩人必須像商人一樣高聲叫賣，或像政客一樣競相喧呶，才能獲得讀者青睞，那麼這個社會、詩人及讀者，毋寧是可悲的。《現代詩》有責任向詩人、讀者及社會，提供一個拒絕媚俗的絕粹園地。是的，我們寧願是特立獨行的。而這正是我們最大的挑戰。

——原刊於《現代詩》復刊二十期，「《現代詩》四十年紀念專輯」，一九九三年七月

「年度詩選」再出發

◆梅新

每次展讀大陸作家來信，發現無論是從遼寧、蒙古、西安，或是貴州、四川等地，寄作品到我所主編的「中副」的詩人或小說家，都會提到他們是從年度詩選中知道我的。也有旅居加拿大、美國芝加哥的大陸作家，來信時也說是在年度詩選中讀到我的作品。每讀到這些來信時，我都會想，年度詩選的流傳可真是廣。

可是未料去年四月間，這自七十一年開始出版第一集，前後整整出了十年的詩選，卻突然宣告不再續編了。消息傳出，聞者莫不為之愕然，為之深感惋惜。詩集和詩選永遠都不可能是暢銷書，此地如此，世界各國亦復如此。值此暢銷書排行榜風氣瀰漫著台灣出版界，隱地竟忘了這種書不但不能賺錢，也進不了排行榜。爾雅是一個出版散文集知名的出版社，隱地是位十分優秀的散文作家，他居然做了詩壇的拾穗人，為詩壇做了十年的「義工」。當他做完一個象徵圓滿的數字而宣布停刊，我們除了感念還能有什麼話說？向明告訴我，隱地於宣布停刊時還說，將來詩人們自己如有能力繼續出版，他仍然願意給予協助。詩人們自己那來這種能力？不過有隱地這句話，也就夠溫暖的了。

去年初冬，參加一項文學評審會，遇到向明，我問他，有無尋求其他出版社接續年度詩選的事。他說由於不可能有其他出版社願意做賠本生意，所以沒有嘗試。他告訴我，散文作家張曉風得知年度詩選將停刊，曾十分關心的給他打過電話，建議可以考慮詩人們聯名向文建會爭取贊助出版。因為她認為年度詩選非常有意義，而且已行之有年，停掉非常可惜。我直覺的反應是，可行。但必須有個周詳的計畫，組織一個公信力較強的編輯委員會，格局再開展一些，成功的可能性變大。

又過不久，為了籌畫詩壇一個新的組織，瘂弦、洛夫、白萩、商禽、辛鬱、張默、向明等老友聚集在我家。台北雖小，可是老友一年難得相聚幾次。碰面的機會雖多，但都是來去匆匆，主要是大家都忙。而想促膝談心，就得特別邀約了。那天除了談正事，還談了許多詩壇近年的人和事。當然包括年度詩選的停刊，以及九歌不再支持《藍星》等等。話題雖雜，但頗集中，對詩壇的現況憂心，然而並不悲觀。例如「詩的星期五」、「現代詩名作欣賞」等活動，參與的都很多，尤其欣慰的是絕大多數都是年輕學生。那天的聚談，很自然的會使我想起張曉風對向明建議的那番話。不過我並沒將話題引到這上面，只似乎有所暗示的對瘂弦說：「您已不再寫詩，我雖偶有作品發表，但少之又少。愁予曾經說過，一日為詩人，終身為詩人。您我一向十分關心詩壇，今後我們更應主動幫詩壇，幫老朋友們做更多的事。因為我們都不是為自己的作品而這樣做。如此一來，在大公無私的情況下，做任何事都容易被人接受。」瘂弦直說應該應該，我們大家一起來。

接著我們三人，瘂弦、向明和我，便有聯合報社對面小巷「石濤園」茶館之約，研商年度詩選再出發的事。為借重向明編過十年詩選的經驗，並歸納我們三人的意見，由他草擬一分計畫案，並決定由我們三人連署致函現任教育部長、時任文建會主任委員的郭為藩先生。為什麼不由全體編輯委員連署，而只有我們三人呢？老實說，是否能成功，當時我們一點把握也沒有，又何必驚動太多人呢？於是，我們三人帶著信連袂前往文建會拜會說明。

關於主編人選，在「石濤園」商訂辦法時，我們就堅決主張應當有兩人。一位資深詩人和一位年輕詩人。資深的由八位編輯委員輪流，年輕的則從現在活躍於詩壇的優秀年輕詩人中物色。而第一年，由於時間匆促，還是請有多年主編年度詩選經驗的向明、張默兩人負責主編。因為編詩選不像出一本詩集那麼簡單，單是資料蒐集就是項大工程。近年台灣的報紙雜誌多得「成災」，每天看四份報紙已苦不堪言，而要將全年所有的報紙全看完，又不能翻過了事，還得細讀細品才能挑出最好的。這樣的工作，沒有足夠的熱忱和精力是無法勝任的。他還要為入選的作者寫傳寫評，還得在短短幾個月內付梓，我們想想，也只有向明和張默最具此一經驗了。不過自明年起，一定要照計畫實施，由年輕一輩參與主編。

主編和編輯委員會的關係又是如何呢？委員會只負責決定政策性的事項，如主編人選，票選年度詩獎，委託發行暨經銷單位等。屬主編權責的，例如經主編選定的作品，編輯委員開會，也只是形式的追認而已。像這一次，編委開會討論時雖出現強烈的爭論，但為尊重主編，大家也都不堅持。至於所提意見，亦僅供參考。如此，主編便得承擔年度詩選的全部責任，選稿態度就非得加倍慎重認真不可了。年度詩獎，也是由主編所選出的作品中投票產生。

年度詩選委由「現代詩季刊社」印行，就像個人計程車要找個車行靠行，為了孩子越區就讀找家人家借戶設籍一樣，目的只為符合政府法令的規定，它與「現代詩社」沒有任何關係。計程車靠行要收費，所以車行仍有責任為計程車排解法律糾紛等問題；「現代詩」既不收費也不負責實際的印刷業務等工作，只因詩壇的這批老朋友共同領養了這個孩子，沒有戶口，讓它報個戶口罷了。同時我還要聲明，這本詩選既不屬於「現代詩」，也不屬於任何一個詩社。雖然編輯委員名單中，有《笠》詩刊、《藍星》詩刊、《創世紀》詩刊及《現代詩》的成員，但他們並不代表任何一個詩社，而是自由結合的一群。他們一生為詩，一心掛念的是詩運的興衰。他們現在所做的一切，只有一個目的，就是盡可能的為詩壇多貢獻一點心力。

年度詩獎的設置，是年度詩選再出發的特色之一。八位委員一致通過今年的年度詩獎由泰雅族瓦歷斯・尤幹（漢名吳俊傑）獲得。尤幹先生現任教於豐原富春國小，入選作品〈關於泰雅〉發表於八十一年九月四日「人間」副刊，詩的技巧是從傳統中一路行來，並無險招，可是情感真摯，詩的內在世界頗為寬廣。獎品是一面純金的金牌，比現鈔有意義多了。

張默向編輯委員會報告說，去年一年，全國報刊仍然發表了五千多首詩作。誰敢說「文學已經死亡」，「詩已經死亡」。他和向明兩人，彼此交換著看，一遍又一遍，前後不知看了多少遍，而選出四十六家，五十六首詩。其中尤多新面孔，許多人的名字我還是第一次見到，由此可見兩位主選人用心之深，涉獵範圍之廣。儘管如此，掛一漏萬，遺珠之憾，仍然在所難免。但有年度詩選的薪火相傳，讓好詩有機會再度面世，身為詩壇的一員，我心裡比什麼都要高興。

——收錄於向明、張默主編《八十一年詩選》，現代詩季刊社，一九九三年六月二十四日

混種詩與欠砍頭

◆鴻鴻

第一次編詩刊、第一次組劇團、第一次嘗試詩的演出、以及我的第一次（也是唯一一次）編輯年度詩選，這些都糊里糊塗發生在九〇年代初期，我的三十歲之前。

遙想安那其年代

我的九〇年代開始於一次壯遊。以巴黎為核心，將近一年的時間，把歐洲大致跑了一圈，讓我對藝術與社會的連結，憑空多出無數想像。錢花光了，不得不回來，一頭熱地想要辦一本《劇場》雜誌，把所見所聞，貢獻鄉里。就在這當口，《表演藝術》雜誌醞釀創刊，總編黃碧端不知是聽了吳靜吉博士還是誰的推薦，找我去負責戲劇類。這也算歪打正著，我也就欣然赴命。高中不屑參加校刊社的我，至此才算是第一次投身編輯工作。

雜誌草創伊始，方向還在摸索。主編蕭蔓當時還兼任誠品《好讀》的主編，並不常待在辦公室，每每風一般地來開會、看版、盯進度，又風一般地消失。根據《好讀》的標準，《表演藝術》的文章也該輕薄短小，讓一般讀者入口即化。這和我想像的專業定位有些差距，而負責音樂舞蹈部分的美麗同事也對主編的空降指令產生強烈情緒反彈。幾期之後，主編消失了。我也大方開始邀約理想作者，比如楊莉莉的歐陸劇場分析專文。

但是我忙的不只一樣。《表演藝術》創刊於一九九二年十月，同時我也接任了《現代詩》復刊的主編，接手後的第一棒問世於一九九三年二月。然後三月底，就借當時還在仁愛路圓環邊的誠品書店辦了一場《抒情的嘉年華》，其實就是跨領域形式的新書發表，完全以該期詩作為演出文本。除了一票彼此非常親密的劇場朋友外，還有太古踏的舞者蕭賀文，甚至還請來張正傑拉大提琴。出席演出的有作者梅新、零雨、曾淑美。陳克華該期發表了他石破天驚的《欠砍頭詩》，我便將其中的〈婚禮留言〉一首變成現場儀式，讓陳克華和台灣渥克的編導楊長燕串演新郎新娘，證婚的是莊裕安。當三位河左岸女演員詮釋曾淑美〈味噌魚湯挽救一切〉時，乾脆現場煮湯請觀眾喝。一度還把場燈全關掉，用生冷的聲音播出于堅〈事件：停電〉一詩，然後在黑暗中幾支燭火燃亮，在桌前幽幽讀出〈古道〉的老人，正是作者梅新。

《現代詩》這個台灣老字號詩刊會在一九八二年復刊，跟創辦人紀弦完全無關，推手實為詩人梅新。他出錢出力，在美國的林泠和鄭愁予也從幕後奧援。幾年後這份刊物交棒給從創刊就開始協助編務、後來才開始寫詩的零雨。我想零雨對下一梯次的交班早有預謀。她出手就像她的詩：看似深思慢熟，其實卻大膽任性。早在一九九〇年八月十六日，也就是《牯嶺街少年殺人事件》開拍一週後，她把我和曾淑美、羅任玲這幾個剛出版第一本詩集的年輕人，約到羅斯福路梅新家裡，和自美返台的鄭愁予一晤。愁予先做了功課，讀過我們的詩集，談得很深入。那是我第一次見到愁予，當然是大師般敬畏有加。他的觀念也帶給我很多收穫，記得其一是說詩不該只追求節奏，也該創造旋律。其二是說我們這樣閒聊，比大學教授在課堂教詩來得有意義。因為他們常用理論誤導年輕人，讓大家寫詩時腦中想著那些指導原則，對才氣是一大妨礙。事實上詩就是理論，讀進去便可心領神會；再照直覺寫詩，自然會符合許多理論，甚至會創造理論。

零雨將對談做了錄音整理，後來發表在《現代詩》復刊第十六期，同時全文在〈中央副刊〉登了三天。可想而知兩份刊物的讀者沒什麼重疊，當時擔任中副主編的梅新先生大概就是用這種轉載的方式，變相由《中央日報》付給《現代詩》某些作者稿費。但是從那期開始，《現代詩》的出刊時程延緩到一年一期。估計零雨也編得倦怠了，於是把我拖下水。我在《表演藝術》剛好就是做編輯，之前也有一家家書店去批發詩集的經驗，便覺得這也難不倒我。

我與梅新先生倒不是第一次接觸。一九八八年便投過《中央日報》文學獎，得了新詩第二名，是我得到的第一個文學獎。雖然這個文學獎不像兩大報那麼有分量，但評審等級完全一致，比如幫我寫評的便是商禽。當時我還在《中時晚報》當電影記者，做了半年離職時還把〈中副〉的編輯黃翠華抓來當交替。梅新先生非但不記仇，還願意找我主編《現代詩》，我想做的一切跨領域編輯方針和推廣方式，他完全放手，並且頂住來自其他前輩的壓力（這我是後來才得知的），這種身教，成為後來我在劇場及文學領域和年輕人相處的心頭典範。

接編第一期，我就重刊偶像七等生的詩，並千方百計找他做了一個訪談。後來還推出詩與電影專題，重點放在塔可夫斯基父親的詩。也刊過一整批茨薇塔耶娃的詩，由念法國文學的好友簡拙翻譯，後來還有顧城專題、新生代詩人林則良、駱以軍、劉季陵、林群盛專題。一九九四年我受邀到第一屆布魯塞爾國際藝術節和何經泰推出詩與攝影聯展，在那裡看到于堅《零檔案》的詩劇場，對文本非常喜愛，下期便一口氣刊出整首長詩，引起正反兼具的熱烈回響。中國地下詩人來稿開始暴增，成了我在創作上吸收新養分的對象。期間我也趁去香港之便，拜訪也斯、黃燦然及《素葉》同仁，他們於是也成了我的約稿對象。

做為新刊發布的詩演出，兩年後又做了一次，這次混種得更厲害，想成為一個當時小劇場的櫥窗。於是請來田啟元用臨界點演出帕斯的詩、黎煥雄導他自己的詩，還有舞蹈空間的馮念慈和詹曜君，我自己則導了夏宇的〈背著你跳舞〉。當時手作傳單上的描述是「以當代表演觀念解讀衍繹現代詩作　前衛劇場音樂舞蹈占卜文學前所未見」，整個演出乾脆叫《現代詩（冷盤熱炒）大雜燴》。第一次演出完全是免費的，演出者也完全沒有拿酬勞，草創時期的誠品也沒有收場租——那真是一個只要想玩、沒什麼不可能的安那其年代。這次呢，我們現場售票，一張兩百五十元，還送一本定價一百五十元的當期《現代詩》。結果誠品地下室擠得水洩不通，詩刊也銷售一空。

發生藝術的脫逸之路

三年間我編了六期詩刊，其實沒人要求過我要怎麼做，我只對自己給自己的使命負責。但是看來離前輩詩人們講究的「純粹性」越來越遠，終於接到指令，交棒給愁予的學生楊小濱。對我來說其實有種完成的快感，也如釋重負。因為這段時間我早已不可開交，包括投入楊德昌《獨立時代》的編劇，並成立了自己的劇團「密獵者」（引用塔可夫斯基的片名），在楊澤主催的「一九九四人間劇展」中推出創團作：改編希臘悲劇《奧瑞斯提亞》為台灣民主寓言的《三次復仇與一場審判——民主的誕生》。

隨著一九九七年梅新先生病逝，《現代詩》復刊在該年主編莊裕安手中出版最末一期後，永遠安息。三年之後，曾參與《現代詩》復刊的幾位詩友，包括精神支持但從未正式加盟的夏宇，一起創辦了《現在詩》，繼續更混種、更貼近發生藝術的脫逸之路。

與梅新先生之間，還有一事可說，便是《八十二年詩選》。在爾雅版年度詩選出刊十年停擺後，梅新和幾位詩人向文建會找到贊助，開始由《現代詩》季刊社出版，爾雅只負責經銷。該年開始由老少兩位詩人共同主編，第一本便是交給梅新與我——應該說是七位詩人（向明、余光中、洛夫、商禽、梅新、張默、瘂弦）組成的編委會交給梅新，而梅新交給了我，他只純粹掛名。我做完初選，再交由編委會投票複選，加入了部分編委的作品，也刪去了少數他們不認同的作品。其中我覺得最得意的，是選了木心〈肉體是一部聖經〉。當時此詩在中時〈人間副刊〉發表，用的是另一個筆名，入選後我去信請教作者，才發現是木心。這應該是木心唯一一次進入台灣的年度詩選。而最遺憾的，便是陳克華的《欠砍頭詩》。由於過半編委無法接受陳克華的露骨語言（〈閉上你的陰唇〉）和同志情欲書寫（〈肛交之必要〉），這組詩被迫撤下，做為補償呢，換上另一首〈虛無的兒子〉。後者詩中有句「將他逼至骨白色的牆角。／他的父親曾高高舉起了鞭子和半截酒瓶」恰可做為此一事件的寫照。當時的年度詩選還有「編者按語」，由各編委分派撰寫。我於是在陳克華的按語中交代了事件始末，以存其真。

以今日眼光，《欠砍頭詩》未能入選，絕對是年度詩選的損失。因為一本以時空為座標的詩選，若不能納入主題、題材、語言、風格各方面展現時代精神的作品，便算嚴重失職。後來年度詩選雖然換了一輪新血，但又現若干爭議。我向來以為，選出一些不痛不癢、更沒有時代感的篇章，而捨棄那些尖銳卻勇敢的作品，這樣的選集，一出版便已過時。而經歷過這一事件的我，也幸而及早體會到，前輩庇蔭固然可貴，但人還是必須獨立長大。

——原刊於《自由時報》副刊，二〇一七年六月六日

漫談編輯副刊（節錄）

◆梅新

對於如何編輯一份為現代社會大多數人閱讀的副刊，下面我想不厭其煩的勾勒出幾項比較具體的看法：

一、拋開傳統的包袱

傳統的純文學副刊，絕對是死路一條，不僅今天不能走，以後亦很難再走得通。我是個從事文學創作的人，站在個人對文學愛好的立場，當然希望報紙副刊永遠維持高水準的文學刊物的形態。但是事實上已經不可能。四、五十年前孫伏園、徐志摩他們編的副刊，現在看也許仍然是一份非常有份量的文學刊物，但是已經不是最好的報紙副刊了。那時候的教育不普及，報紙的讀者只是少數的知識分子和士大夫階級。副刊文章也只要滿足這小撮人就行了。他們全是有閒階級，而且所謂知識分子，多半是關於文史哲方面的知識，所以文藝性的副刊正是對他們的胃口。

而現代報業幾乎已是全民化。根據（一九八四）三月十三日新聞局長宋楚瑜在立法院答詢報告，台灣地區平均每五人有一份報紙。又以現代家庭一家四口來平均，百分之九十的家庭已有一份報紙了。可是喜歡文藝的人口，畢竟是少數，我指的是嚴肅的純文學作品。所以今天的報紙副刊編輯，在心態上仍不能面對廣大的大眾，審理稿件時非文學不視，非文學不刊，便不是一位好的副刊編輯了。

但是《聯合報》系除了擁有五份影響力廣大的報紙之外，還有多種不同類型的期刊和出版公司，對國家文化的宏揚顯有一肩挑的雄心和抱負。但唯獨缺一本高水準的文學刊物。文學是少數人的事業，文學刊物也必定是賠錢貨。但是一個詩句可以傳誦千古，一部《紅樓夢》可以使全中國人感到驕傲，一冊薄薄的《愛彌兒》可以使千年的王國毀於一旦，三十多年前大陸的淪陷，也與當時那些搞黨政宣傳的昧於對文學的無知關係密切。因此，我主張副刊不再走純文學的老路，是基於我對報業發展的認知。至於文學對社會民眾生活思想取向影響的重要性，豈是能疏忽的。因此我建議董事長王惕吾先生創辦一份大型的文學刊物。這份刊物如果辦成功了，它將是影響中國文學長遠發展的千秋大業，即使一年賠一百兩百萬，也是值得的，董事長！

二、不走純文學的路

副刊不走純文學的路，那麼走什麼路呢？答案是：走雜誌的路。其內容應當是知識的、文學的、生活的、社會的；甚至也可以是婦女的和兒童的。我最不願聽到，但是卻常常聽到的一句話是：「這個題材不適合副刊。」我的看法恰恰相反，我認為任何題材都適合副刊。問題在於副刊編輯肯不肯動腦筋，懂不懂得製作。

一位傑出的藝術家，可以將一方廢木，一塊無靈性的石頭雕塑成藝術品，副刊編輯亦應有這個本事，把副刊活用起來。記得我編《台灣時報・副刊》時，做過很多不同性質的專題，例如「新北投滄桑史」、「台灣早期的西醫」，就嚴肅性而言，是兩個截然不同的題材，一個是屬於社會性，一個是屬於學術性。但是我卻都將它們做得十分有可讀性，刊出之後頗獲各界好評。什麼原因呢？執筆的作者很重要，前者我是找淡江文理學院一位副教授來寫，他本人雖然是一位曾經留學美國的學人，但他母親卻在北投經營旅館業有年。那位副教授不僅因此對那兒的事瞭若指掌，同時對社會問題一向極為關心，所以寫來也就更加的得心應手了。後者的稿子是請一位年輕的醫師提供，他就是大家熟悉的青年小說家李捷金，他文筆好，做事踏實認真，沒有一般年輕人那種浮躁和不必要的傲氣，因此他的作品亦如其人，非常具有親和力而有可讀性。

三、爭取主動，避免被動

到目前為止，仍然有許多副刊是抱持來什麼稿刊什麼稿的態度，三十年如一日，不管其他報紙副刊如何求新求變，始終影響不到他們，有時我不免佩服他們的定力。如何才能做到主動呢？採取計畫編輯！在計畫編輯下，你就非動起來不可了。過去有人批評某報主編說，他要的稿子，說什麼他也要設法將它拿到手；而你如有稿子去求他刊登，便沒有那麼容易了。這話也許只說對了六分，有好的稿子拿給他，除非他不是一個好的編輯，不然應該是會接受的。而就我個人的做事精神而言，我絕對贊成他這種作法。記得我編《台灣時報・副刊》時，也有人批評我心目中再沒有朋友了，因為我極少張口向朋友邀稿。其實我是個非常念舊的人，怎可能一編副刊就將老朋友甩得遠遠的呢？只是我採取的是計畫編輯，朋友中絕大多數是搞文學的，因此麻煩他們的機會便不多了。不過他們畢竟是有知識良心的人，他們內心雖然對你滿腹怨尤，而只要你編的副刊的確不錯，他們還是會以欣賞的心情，來肯定你的成就和能力的。我看過太多這樣的例子，發生在我自己身上的亦不勝枚舉。

四、觸角伸向各個層面

將邀稿的觸角伸向每一個角落。現在各報副刊每天總是以同樣的面貌和讀者見面，為什麼會有這種結果呢？主要是主其事者對自己的工作要求不夠嚴苛的緣故。如何才能突破現有的格局呢？只有一個辦法，那就是趕緊將邀稿的層面擴大，再不能以現有的周遭的朋友，以及大家所熟悉的人的作品為滿足。記得我編《台灣時報・副刊》時，我曾請了五位中研院都擁有博士、碩士學位的研究員替我寫一個「街談巷議」的專欄。事前我們彼此全不認識，事後我們也只是喝過幾次咖啡而已，因為我沒有經費可以請他們吃飯。那個專欄談的全是對現實生活的評析，因此很受讀者歡迎。我臨時想到，假若我是《民生報》副刊主編，我會邀請沈春華開一個「紅娘專欄」，我會請楊麗花口述她的傳奇。又，假若我是《聯合報》副刊主編，我會去力邀中研院院長吳大猷博士開一個「南港瑣談」之類的專欄，我也會到清華大學尋找一兩位科學教授來談武俠、寫武俠，據說那裡有好幾位教授對武俠頗有一試的興趣。我的建議只是供兩報副刊友誼的一笑，希望不要介意。

以上四項只是犖犖舉其大者，但如能把握住大的原則，小的細節就可以視實際的需要而隨時修正了。

——原刊於《聯合報系月刊》一九八四年六月號，一九八四年六月十日

收錄於《沙發椅的聯想》，三民書局，一九九七年五月

亦見於黃天才主編《報學叢刊》，中華民國新聞編輯人協會，一九九五年

張堂錡編著《編輯學實用教程》，業強出版社，二〇〇二年一月

《大珠小珠落玉盤》

——《台灣時報・副刊》的當代名家談藝錄

◆張素貞

梅新主編《台灣時報・副刊》的時候，繼「花穗纍纍」、「與書結緣的人」，又策畫了「當代名家與青年朋友談文學、論藝術」的專題，商請享有盛名、頗有成就的文學、藝術家，精選、約集十幾、二十位相近專長的研究生來面見座談。龔鵬程彙整的《大珠小珠落玉盤——當代名家談藝錄》，收錄一九七九年八月至次年四月期間這一系列的九篇專訪報導，由暖流出版社於一九八〇年六月出版。這本當代名家談藝錄，有靈活的思路運轉，深入的議題，成熟藝文的論說，閃耀著名人的丰采和理趣；而出色的抒情文墨，珠玉連篇，趣味橫生，足以替代文藝基礎理論的效用，讀來興味盎然。

幾篇專訪的主講者是：白先勇、夏志清、李敖和胡茵夢、金庸、思果、鄭愁予、原文秀、古龍、高陽，標題比原刊素樸許多。原題都有「與青年朋友」的字樣，其中三篇還標列明切生動的副題，那是：

白先勇與青年朋友談小說（王法耶、潘秀玲紀錄），一九七九年九月十四日二〇：〇〇於台灣時報副刊編輯室，九月二十五～二十七日刊出。

夏志清與青年朋友談文學批評（潘秀玲紀錄），一九七九年十月二十六日一〇：〇〇於中泰賓館八三三室，十一月七～八日刊出。

李敖、胡茵夢與青年朋友談歷史、文學與電影（龔鵬程紀錄），一九七九年十二月八日一九：〇〇於台灣時報副刊編輯室，一九八〇年一月二～四日刊出。

金庸與青年朋友談武俠與報業（林清源紀錄），於中國文化學院新聞系（？）（註一）。

名詩人鄭愁予與青年朋友談詩（潘秀玲紀錄），一九七九年八月二十一日八：〇〇於台北女青年會，十月八日刊出。

思果與青年朋友談散文（王聯懿紀錄），一九七九年十一月十三日一五：〇〇於耕莘文教院四樓，十二月三～四日刊出。

花開的聲音——原文秀與青年朋友談舞蹈（潘秀玲紀錄），一九七九年九月十三日稍後，於大陸飯店，一九七九年九月十九日刊出。

人在江湖——古龍與青年朋友談武俠（龔鵬程紀錄），一九七九年九月十九日二〇：〇〇於台北金世界貴賓室，十月十五～十六日刊出。

從歷史中擎出一盞燈——高陽與青年朋友談歷史小說（龔鵬程紀錄），一九八〇年四月十五日一九：三〇於台灣時報副刊編輯室，四月二十八～二十九刊出。

爭取採訪的對象，主要憑靠主編懇切反覆地邀約，有時也依仗彼此多年敬重的交誼，偶爾還需要類似新聞記者搶獨家新聞的衝勁。夏志清的訪問，短短兩小時，曾有《中國時報》副刊主編高信疆送來談話紀錄稿，請夏先生過目。夏先生談起前幾天《聯合報》安排過與幾位年輕寫作朋友聊天。他說：「每家報紙都來搶新聞」、「國內的副刊主編最嚇人」，並不誇張。文章見報後，彭歌在《聯合報》「三三草」專欄撰寫〈夏志清的忠告〉評賞、稱許，並引述《聯合報》副刊主編瘂弦的話，真希望這篇文稿是發表在《聯副》上（註二）。

從一九七九年九月二十五日的《台灣時報・副刊》編者按語和各篇報導看來，《大珠小珠落玉盤——當代名家談藝錄》有五篇是貴賓來台、短暫居留，即被伺機邀約、擠壓時間而得的訪談報導。金庸來台參加國家建設委員會會議；思果回台領取中山文藝獎。白先勇去香港做徵文評審，回台短暫逗留，想找他的人很多，受訪時正患著嚴重的感冒，但依然笑呵連連；鄭愁予此次乃奔喪返國，顧念和主編多年詩友相契而勉為其難，現場難掩肅凝之氣。夏志清是受邀擔任《聯合報》小說評審而回台的。另外：原文秀剛回國不久，投入雲門忙碌的舞蹈教學，難得安排出時段。古龍、高陽，每人手中都有幾部長篇連載在趕。古龍前晚《多情環》殺青，「喝多了紹興」，沙啞著喉嚨開講；高陽打破二十年來的慣例，特意和青年朋友們談談歷史與小說。李敖是十六年來第一次「拋頭露面」，與胡茵夢同來受訪，意義更不尋常。因應貴客的方便，訪談的時間、地點各自不同，鄭愁予甚至挑了清晨八點、文人多在夢中的時間，潘秀玲觸發靈感，便援引詩人〈如霧起時〉開筆，文末也以霧散終結。

專訪報導內容多采多姿，繁富龐雜，為求明晰易解，編者分項細列了許多小標目。白先勇座談的重點，圍繞著香港的小說獎評選和《現代文學》這兩大項目。他覺得：香港的文化氣候漸漸有一種獨特的風格出來；台灣去的文人學者，如余光中、逯耀東等對於新一代香港人文化的覺醒有一定的影響。政府肯花錢做文化投資，民間有藝術中心，舉辦過亞洲藝術節，每年各國的音樂、舞蹈，不斷演出，水準極高。

香港政府舉辦「中文文學週」，白先勇擔任小說獎評審委員，也做學術演講，還和余光中、胡菊人做了一次座談。他看到幾篇大陸人寫的「文革」，痛定思痛、浩劫餘生的那種切膚之痛，題材之廣，經驗之高，怪異到了荒謬的程度。他認為：台灣可以寫的事情很多很多。好的作品在每個時代都有新的意義，每個人寫的方式不同，不能以此論優劣。作者比起親身的經驗，內心的磨鍊更重要；小說的文字也要能增加題材的效果。

夏志清在笑聲中時常做嚴肅論評：小說家不必是思想家或道德家；想用文學改造社會只是一種幻想；文學家是情感的教育家，刻意在書中製造不平對青少年有不良的影響。文學批評不能斷章取義，好的作品都有它完整的意義。文學作品的好壞的確不應該只看作者的思想見解，但文學本身實在離不開思想和意識型態。

夏先生認為：文學要有人味才好；現代派越走越絕望；脫離現實，強調人類的孤獨、無助、荒謬，小說寫得艱澀，甚至很矯飾。只要不過分矯飾，他支持方言文學。他談到文學批評的原則：先得多學習，多閱讀；其次要認真，虛心閱讀文學史分期（Period）的各種文學類型，專注一個，開展、細究、求深入；再則要求忠實，不歪曲資料，不偽造印象；盡量客觀。看過各家各派的作品，融會貫通，眼界自然大，下筆才公正。批評中最難的是鑑定高下。文學批評要回到人間。傳統不是笑話，經典之作有它傳世的道理。

遍嘗人世之滄桑，李敖十六年的伏蟄，已慣於孤獨，還是那麼年輕，依然浪蕩、驕狂，而又充滿了感慨。他在尋找一種能「譁眾取寵而又不惹麻煩」的生活方式。他認為：最亟須改革的就是歷史研究法，不宜偏重於細碎繁瑣的考證，而忽略整體歷史脈絡的解釋。讀書必須以一個主題貫串群書，系統而連貫地看。他設定文章要讓一般讀者都能讀得下去，內容最重要。李敖承認有時也製造煙霧效果，但並不窄化人物。他反對把知識作嚴肅、高貴、麻煩的使用。他的文章能很快的抓住重點，用最簡單的話表達出來。他很重視聲韻，文章可以「讀」，讀來氣勢很壯，像篇演說稿一樣。

胡茵夢承認沒有盡忠職守，不入戲：因為別人只著重外型，給予的角色自己無法投入感情。《六朝怪談》是態度轉為積極的第一部戲。她做了許多有益社會的事。李敖補充：她一個人跑到廣慈博愛院去訪問那些小雛妓，並一一寫出她們的血淚生活。胡茵夢說：記者有時並不可信，所以我要寫「胡言夢語」，我要爭取發言權。我有許多觀念，我做了許多事情，我要自己寫出來。李敖小結：每件事都有正反兩面，嬉笑怒罵是嚴肅的昇華。

武俠小說為什麼受一般讀者歡迎？金庸認為：它跟中國文化關係密切。它的道德觀念、生活習慣、整個想法、價值觀念都是中國傳統社會長期留傳下來的。武俠小說裡正義總是得到最後的勝利，這是很單純的中國觀念，也是武俠小說的基礎之一。金庸說：我二十多年前開始辦《明報》，就連載《神鵰俠侶》，很受一般讀者歡迎。從事新聞、文藝這兩種行業，都要有相當的社會責任，對中國文化負責。新聞報導是絕對客觀的，而文藝創作是主觀的。編輯只提供資料，不做判斷。分析判斷應由社評、短評等類發表意見。每天晚上我寫一篇社評，寫得很快。

武俠小說和其他小說並無不同，都是從生活中來的。或是自己經歷過的、聽來的、書本上看過的，也加一部分想像，是綜合的。寫武俠小說要有豐富的想像力，文字要有相當的修養，組織結構、描寫人物有相當的才能。寫的是古代的人物、社會、生活，對這些要有適當的了解，對中國山川地理有基本的認識。寫武俠小說有很大的娛樂性。一方面娛樂自己，一方面娛樂讀者。要有自己的想法，不是別人指出方向讓你走。如何塑造武俠小說主角的性格、典型？他說《射鵰英雄傳》中的郭靖、黃蓉是用對比的方式寫的，一個忠厚老實，一個機靈聰明。對比增加了矛盾、衝突。又如《鹿鼎記》中的韋小寶，就綜合了中國人好的性格和壞的性格。無論武俠小說、童話或其他作品，只要文學價值高，就有文學地位。

問我筆名的來歷？金庸說：本名叫查良鏞，「鏞」字拆開就是「金庸」了。我政論上的知名度不及武俠小說，但我卻覺得政論上的貢獻比武俠小說大。我的文章比口才好，口才比中國工夫好。《明報》在國際上有相當的地位。最近，夏威夷大學對三家報導中國事務有特殊貢獻的報紙進行詳細研究，《明報》是其中一家。談及新聞工作者的條件，最主要是語文程度，各方面也要有所涉獵，越廣博越好。中國文化學院科系是全國最多的，想從事新聞工作，應該多到別的科系去旁聽。以後在工作上會接觸到很多很多的面，新聞系本身的課程只是基礎的準備。除了運用語文能力外，最重要的是操守和興趣。

鄭愁予初三開始寫詩。問：常有人說您是很中國的詩人，不管文字、句法、節奏都是很中國的，您的詩常可發現中國傳統的意象，句子的長短、錯落，很有詞的趣味，有些詩很像小令，唸起來琅琅上口，音韻很美。您是否受到古典詩詞的影響，有沒有特別喜愛的詩人或作品？愁予說：詩詞我都喜歡，很難指出特別喜歡某人某作品。不過，比較起來，詞家中，我比較不喜歡李後主，而喜歡辛稼軒；不喜歡吳夢窗，比較喜歡姜白石。我是喜歡慢詞的，我並不喜歡琅琅上口的東西。問：柳永、周邦彥的慢詞您喜歡，您的詩中也有他們具有的浪子情懷嗎？應說：不錯。有人把我和楊牧列為「婉約派」，我不贊成，只要有浪子的心情是很難「婉約」的。總有豪氣在？我的詩都在表現一種剛性，寫剛性的詩須要韌性。

《窗外的女奴》詩集中，就有二十首登山詩。愁予說：登山詩不好寫，一定要達到人與山的融合。他認為：詩人寫詩轉變不足為奇，新作有變化，隨著生活經驗、年齡增長，詩風變了。技巧也隨著表現的東西而改變，並不一定變得更複雜，可能變得更簡單，把生活經驗提煉得更單純，到了所謂的「化境」。至於「後記」，是詩人對讀者的傳達，或為了表現某種趣味，等於詩的延長部分。或者為了紀念歷史節日、某時特殊感懷等，也可以記事記遊。使用文言，為的是不致干擾到詩，文言經濟而簡化、具有古趣。他並不認為《夢土上》的佳作比較多。《草生原》有特意安排的節奏，整首詩的進行可以分成主調和變調，主調是主要人物的進行，變調與主要人物的進行沒有直接的關係。寫長詩可以用這種技巧，這首詩還可以改寫，就因為經過特意的安排；

像《夢土上》就不能改，一字也不能，因為是自然形成的。

很多人喜歡〈錯誤〉？說是抒情文的絕唱。愁予說：大概是因為很完整，所用的意象很湊巧，都能拉得住，所以很多人喜歡。但這首詩離我理想的詩還有一段距離。詩人的最高要求，在能接近生命的本體，就是中國人所謂的「自然」。詩人對時間——生命本體中最現實的——最敏感，這首詩都夠不到這些。給年輕詩人的忠告或建議？忠誠，對自己誠實，對技巧形式把握的確定。問：有人說當年流行「超現實主義」，詩壇有一窩蜂追隨的現象，只有您不為所動？愁予說：這是「心態」問題。我沒有那種心態，所以忠實而不寫。超現實主義提供一種技巧，寫抒情詩有的瓶頸不易通過，很多人正好藉助這種技巧突破瓶頸。

思果談寫作經驗，說：從小就喜歡看書。喜歡看書是寫作的根苗，文言文也要多看，許多作家都是從文言文培養出來的。白話文表達很有限制，像我這本書名《林居筆話》（註三）就用文言文。我個人的中文底子，全靠兩部書。一部是《聊齋》，一部是周作人的散文。寫作的祕訣，除了多讀，要注意觀察，而後多寫，勤於修改。下筆成文不須修改的天才很少，托爾斯泰的稿子就常是改得體無完膚。我往往是改了放著，再取出重新修改的。周作人的作品怎麼好法？周作人書讀得很多，思想清通，能見古代人的荒謬。他的文字乾淨，用字考究；又很幽默。他會寫舊詩，懂得平仄。聲韻對中文很重要，不要以為散文不管聲韻。他有真正的情感，而且是含在字意裡面。他是儒家的底子，加上受日本文化、希臘思想、英國文學藝術的影響，很有學問。

思果說：不但散文，就連詩也不完全是抒情的。散文不但要人看懂，音調也要很好聽，用字也要很講究；讀者還有權利要求讀來有興趣。散文是結合體，文章要好，內容要精采。散文要記真的情，要有特殊的景。真情真景，就是中國人說的「誠」，不誠無物。每個作家都是用研究的眼光來看別人的作品的。研究一篇散文，有的人想得更透，更深一層，就雅；中間轉折發展得好，末了把前面總結或另闢蹊徑，就令人讀來餘味不盡。

思果對英美文學下過很多工夫，有人抗議他只提了兩部書，卻不說他屢次旁徵博引西洋文學例子的來處。他說：剛才不好意思多說，像藍姆、William Hazlit、Thomas Quincey，那些散文真是好得不得了，議論的展開、轉折，真是波瀾萬狀，太值得我們學習了。

原文秀耐心地聽著投向她的每個問題。她說明九月十三日在國父紀念館的「原文秀之夜」——我跳了三個舞：《深情》、《女媧》、《白蛇》。女媧代表第一個女性，感性很強。從發現世界，開始認識世界，在世界上冒險到控制世界。《白蛇》比較難，必須由沉著到變成蛇妖的奔放；其中摻入了許多京戲的動作，像小雲手、蘭花指。在國外訓練是往外放，現在要往內收。前段沉著的表現，對我是新的體驗。原文秀將林懷民編的舞和自己的做比較：他常常有個意念再構想，然後依構想請人作曲，這樣的舞比較有戲劇性；我個人編舞比較重音樂感，有好的音樂才表現得出來，對我來講，先有意念來編舞比聽到音樂來編舞要來得難。假如說舞蹈是身體的語言，我喜歡故事性的語言過於抽象性的語言。古典舞有原來的底子和線條的要求，是很好的訓練；我偏愛現代舞的表演，因為現代舞比較能發揮內心的感覺。

原文秀當年先到日本跟神田明子學，再到瑪莎・格蘭姆那裡。她在艾文艾利舞蹈團歷練。

這舞蹈團把全世界好的編舞者都集中在一起，編舞揉合了各種舞蹈的技巧，對她提供了許多嘗試的機會。俄國古典芭蕾水準是世界頂尖的，最主要是訓練嚴格；現代舞是美國創的，有自己的東西。舞者精力用得多，生活一定要有規律，要懂得如何管理自己。前兩年，她到巴黎教授現代舞，後來和伊朗國家芭蕾舞團簽約，做他們的指導老師。原文秀現在以「雲門」為家，關心「雲門」大大小小的事情。她認為省政府舉辦音樂季，有芭蕾舞演出，是好的嘗試。但應該三、五年前就準備，先選好團員，開始訓練。

古龍的世界奇麗而多情，無論小說或人生，都代表著一種探索和追尋，在酒與劍與女人之間。少年時武俠小說倡行，市場供需量大，古龍離家工讀，生活清苦，在友人慫恿之下，寫出第一本武俠小說《蒼穹神劍》，得稿費八百元。自此稿約不斷，稿酬飛漲。他三天寫一冊，錢賺得多，幾乎忘形所以。讀淡江英文系的古龍開始浪蕩了，錢用完了再寫書。從一九五九年創作第一本小說起，四次停頓與遞進，再拾筆時風格轉變，《武林外史》、《楚留香》、《絕代雙嬌》等，人物鮮明而突出，結構瑰奇而有趣，從熱衷於財寶秘笈，回到人生經驗與人性表現之中，成就了古龍武俠小說特殊的風貌。此後順勢發展，打破固有的武俠小說形式，第三期以《多情劍客無情劍》、《歡樂英雄》、《蕭十一郎》等最為成功。他融合了英文和日文的構句方式與意境，練字造句迥異流俗。《歡樂英雄》以事件的起迄做敘事單位，而不以時間順序為次，是他最得意的突創。

古龍希望能創造一種武俠小說的新意境。第四期的特色是「純寫實的」。古龍的武俠人物充滿傳奇，在最尖銳的環境中呈現人生最尖銳的選擇與衝突。事件卻可能很平常，所謂「人在江湖」以及色、貪、自私、死亡等人性之追索，他寫的不僅是武俠小說。古龍曾運用電影「蒙太奇」和「場次」的手法。小說改拍電影的不少，像《蕭十一郎》就是為了拍電影才寫的。情節的懸疑是他小說與電影一貫的特色。

高陽說：我寫歷史小說是很偶然的。大約民國五十一、二年間，《聯合報》有這麼樣的構想，找我來寫。當時我正在研究唐代科舉，就運用了許多這方面的知識，寫成《李娃傳》。這是一種著重歷史趣味的寫法，提供很多唐代生活的背景知識，也有些考據。如「馬毬」，我認為就是現代的回力球，是很激烈的運動，騎著馬在填土壓平澆上桐油的球場打球，常有生命的危險，所以列為軍技之一。唐代開元、天寶之間，社會至為富庶，人民消閒活動較多；又胡漢血統混合，社會活動特別新奇而多姿采，譬如喪禮進行時，有比賽唱輓歌的風氣等等。我大抵是對當時的社會背景作了一個我所信得過的詮釋，把當代社會環境做了歷史的復現。

高陽說：寫作一部長篇歷史小說要先做安排，擬定一些綱目章次。在《荊軻》裡我創造了燕太子丹的妹妹公主夷姬，在《緹縈》中則創造了淳于意的學生。兩個人物的增添，是因為我想當時可能會有這麼樣一個人物，他們的感情生活可能如何。太子丹欲謀刺秦王，主要目的乃在復仇；荊軻答應赴秦乃是因秦鞭撻六國，他要為國際間的公理申一己之力。所以荊軻是蘇秦一類，主張聯合六國以對抗強秦；太子丹則摻雜個人的私怨在內，二人性格和立場都不相同。荊軻明知此去不能成功，卻有他非去不可的感情因素。高陽主張寫小說不要刻意製造主題。一部作品忠實地反映社會或時代，小說的主題應該是經由小說的情節內涵而自然產生的。小說情節的推展，只看它是否「可能」；情節的推動，不外乎懸疑、高潮等等。其次，最重要的是「韻律」！須有起伏動盪，始能見其韻律，若沒有平鋪直敘，怎能顯出精采奇幻？

所謂反映時代與社會，並不是全面的，只能是一部分。至於小說和歷史的關係，倒是很難細分的。在正史裡，有些寫得好的列傳跟小說並無兩樣。例如：歐陽修的《新五代史》，寫後唐莊宗李勗的皇后，人物的性格和唐代重視門第的情形，都活生生的表現出來了。其他如《史記》、《漢書》、《三國志》等，都屬良史，都是很生動的。小說的任務只是把這些人物再做些深度的刻劃而已。

提問：王開節先生認為您的小說之可貴在於內容卻件件都經過考證。請教：在歷史性與文學性之間，作者應如何選擇、安排？高陽說：這是依據一個消極的標準來檢定的，標準會變動，運用仍須依賴作者的素養來決定。譬如：漢女在清宮中如何如何，在聖祖朝就說不通，董小宛的故事顯為虛構。我創造夷姬這個人，內心感情、身分、權勢、周遭關係、別人對她的態度、她的生活狀態……等等，都是依照當時一個公主的形態來寫的。這形象如果擺放到明朝，就不可能的。「可能」，才是合理，這是第一要素。說到反映現實，重視當時的生活環境與社會背景，必得了解當時的文物制度、生活各方面。歷史以民生為中心，經濟條件影響社會，最主要的又是「交通」。但歷史隨著地理環境變遷，山東煙台的變遷，宋代末期為抵禦金兵南下而把黃河河道人工移向南方……等等，不可錯置。

關於《紅樓夢》，高陽已成一家之言。他認為《紅樓夢》寫的並非曹雪芹本人的經歷，可能是他父親或他家族的事蹟，把許多素材揉合起來，其中真真假假，構成一部大書。要研究一個朝代，必先了解其中心勢力的結構，研究《紅樓夢》，對八旗制度要有深刻的了解。曹寅是旗人，是上三旗的包衣，母親是康熙的保姆，於是我們了解賈母對待底下人非常尊重的緣故。曹家在金陵極為顯赫，雪芹回到內務府仍是聽差性質，他脫離旗籍，鬻文自活，那是乾隆時管制最鬆弛的時候。他爭取創作自由，但生活困窘，佳構寫了就由人抄了換米，以致有錯簡、刪改，造成許多不同的版本，最明顯的是十三回〈秦可卿淫喪天香樓〉。由此也可判定《紅樓夢》應是個集體創作。提及《金瓶梅》、《孽海花》，他談到當代哲學思想一定會影響到文學作品。譬如唐人小說裡濃重的道家氣息；明朝早期和後期的作品顯然不同，後期傾向於頹廢和逃避現實等等。明人更有一種風氣，就是以小說和戲劇來諷議時政。判斷資料需要一些眼光，掌握時代精神，才能掌握歷史人物的真實性。

註一：這篇未能明確查知時地背景，因金庸多次提及，推想可能地點是在中國文化學院新聞系。

註二：文見《永恆之謎》，聯合報社，一九八〇年十二月。

註三：這本書榮獲中山文藝獎，思果回台領獎，也才有這篇談藝錄。

——原刊於《中國語文》七二一期，二〇一七年七月

略談《台灣時報・副刊》梅新主事的企畫編輯

◆張素貞

梅新喜歡創發性的企畫編輯，任職《台灣時報・副刊》主編的時候，做過許多專題，像「當代名家與青年朋友談文學、論藝術」的企畫採訪專題，除了《大珠小珠落玉盤——當代名家談藝錄》書中收錄的九篇，一九八〇年還有龔鵬程紀錄的〈一筆詼諧一筆驚——牛哥與青年朋友談漫畫、偵探小說〉（五月二十六日）和〈大珠小珠落玉盤——顏元叔與青年朋友談文學批評〉（六月十六日～十九日）。大約當時書已排版，同一位紀錄者，有兩篇採訪同樣談文學批評；篇名又與書名相同，卻並不在同一本書內。

企畫編輯談作家的，一九七九年，有張雁棠〈鹿橋太太談鹿橋〉；作家專訪，有潘秀玲的〈從「一顧青絲」到「再顧已成雪」——訪詩人余光中一夕談〉、陳幸蕙訪曾虛白談《孽海花》；學者專訪，則有白崇珠訪羅錦堂、訪鄭騫、與黃永武先生談古典詩。其他行業人士，有尚德敏專訪：李行的導演生涯、出賣聲音的人——配音人才于恆、明格夫婦、魏火燿談醫錄、外科醫師林天佑等。專業採訪，還有王鳳翎的〈指紋專家趙默雅〉。

更多的是邀約作家闢寫專欄，有些是談話中隨機判斷有可寫、可讀性的，像邀約小說家子于撰寫「建中養我三十年」，從一九七八年十月二十一日的〈窮・開心〉開筆，足足一年，寫了三十段，由大地出版社出書，行銷一時。有的是邀約文友寫稿，讓作者自立名目，估計可行，便再三催稿。趙玉明（一夫）用筆名「舒白」寫了「仰天居隨筆」，他那時忙碌得緊：「作者推拒，梅新死逼」，時間在一九七九年十二月到次年二月，四月也還有零散篇章。「梅新死逼」一語，和張拓蕪所謂的「死絞蠻纏」、尉天驄說的「歪纏」，確實生動形容出約稿的賣勁，也都極盡透顯至交密友的脫落形骸。他邀約稿件的積極、勤勉而又誠懇、敬重，讓作者很難拒絕。他廣結善緣，或推許敬重，或尊敬而帶親暱，或讚揚鼓勵，梁丹丰、姚宜瑛、韓秀都曾提及。古蒙仁說：「他的纏功一流，軟硬兼施」，可以曲盡其妙。閱讀嚴歌苓〈也獻一枚花環〉，著實訝異而感動。她角逐各項小說獎，新秀轉為名家，竟是發端於梅新清晨一通陌生的越洋電話。

僅就《台灣時報・副刊》一九七八年十月的版面來看，姚一葦、辛鬱、尼洛、姜穆、畢珍、澎湃、陳寧貴、劉慕沙、李漢星、蓉子、子于，以及何欣、朱立民、陳祖文都來頭不小。子于的「建中養我三十年」登場，李漢星評介「楊逵畫像」、《民初名人的愛情》；故宮的莊嚴先生寫出〈老莊老運好——護送國寶追憶〉真是精采。無獨有偶，二〇一七年三月九日，《聯合副刊》「我們這一代：二年級作家之十」，正是莊家四公子莊靈主筆的〈一段少時生涯記事〉。出生在貴陽的他，十一年間，從華嚴洞到川南、南京再到霧峰、外雙溪，隨著故宮文物遷徙，描述的正好與乃翁的妙文互相輝映。這個月也有一場座談會，主題是「文學上的代溝」，講者是洪小喬、胡品清、陳幸蕙、李昂、蓉子、丹扉、曹又方、郭良蕙。

梅新曾二度與高雄師院合作，舉辦文學研討會。《台灣時報》屬於南部的報紙，在南部辦文學活動意義重大，還可以略矯文學、文化活動重北輕南的缺失。他雖然主張副刊不走純文學的路，但一直不放鬆和學術單位緊密聯繫，常邀學者撰寫文章，多次嘗試把文學帶入校園。「中國文學研討會」一九七九年三月二十三日晚間在高師院視聽中心舉行。文學院院長薛光祖參與，系主任林耀曾開場致辭，出席座談會的學者和作家各有論文發表。學者黃永武〈民族性與文學風格〉、丁履譔〈文學的功用〉、江聰平〈詩與散文〉、張夢機〈古典詩的創作問題〉；作家有郭良蕙〈小說創作的取材與人物刻畫〉、商禽〈現代詩的語言〉、司馬中原〈問答篇〉。第二次合作，同年十月二十八日夜晚於同一場地，討論「現代文學的回顧與前瞻」，這次是學者作家南下，有彭歌、朱西甯、張曉風、黃慶萱四位。

同樣在南部大學舉辦活動，是次年五月七日下午，與成大中文系聯合主辦的「古典文學討論會」，在成大演講廳舉行。出席者成大中文系主任吳璵，另有各校重要學者：師大國文系教授汪中、台大中文系教授曾永義和黃啟芳、中央大學中文系教授章景明、洪惟助，由溥瑛記錄，六月二十六日刊出。有趣的是，一九七九年五月二十四日十九：三〇，台灣時報與台大文學院合辦一場「藝文夜譚」，就在台大文學院，出席的有：台大外文系客座教授高友工，舞蹈家、雲門主持人林懷民，舞台設計家聶光炎，國劇演員朱陸豪，戲劇家、台大外文系教授胡耀恆。夜譚的主題是〈誰來關心國劇〉。除了朱陸豪，其他幾位都是重量級人物，乍看似乎有些距離，其實專業卻也是與國劇相關。紀錄由尚德敏整理，於七月二十五日刊出。

另有一場別開生面的作家聚談，一九七九年七月二十八日，十五：〇〇至十八：〇〇，於台北市太陽飯店頂樓，二十位詩人聯席開了「余光中作品〈獨白〉鑑賞會」。當時有「火浴的鳳凰」之喻的余光中剛由香港回來，面對來自不同詩派的詩人，有些犀利的議論，是挑戰；而就以文會友來說，是盛會。詩人蕭蕭撰寫了〈與永恆拔河的詩人——余光中作品〈獨白〉鑑賞會紀錄〉。

《台灣時報・副刊》留意台灣風土人物，評介「楊逵畫像」，做過「賴和、張我軍與台灣文學」的報導，談述〈客家山歌的弦外之音〉。「尋根篇」請李捷金撰寫「台灣早期的西醫」專欄，同時設計「新北投滄桑史」的專欄，從不同的角度互相映照。副刊也關注社會問題，一九八〇年台北兒童書城開張，龔鵬程做特別報導；青少年問題座談會，直面現實的「變壞了怎麼辦？」「變遷社會中的婚姻問題」座談會，婦女節午後兩點，在《台灣時報》台北管理處舉行，請來政大教授柴松林、小說家郭良蕙、三總總醫師陳汝斌、律師陳玲玉，家庭協談中心主任葉高芬、生命線義工雷麗娜等相關專業人士暢談。

而文學無疑還是最重要的，學界批評大家王夢鷗有〈讀《臺靜農短篇小說集》〉，琦君有〈感新年〉一文。「我的一封信」專欄，小說家邵僩撰寫〈了解是一座橋——給軍中的孩子〉；「影響我最深的人與事」，朱銘寫了〈由我的老師說起〉，夏元瑜也撰有文章。關於藝術，一九七九年《台灣時報・副刊》報導過：郭美貞的音樂理想；楊英風訪談錄〈亙古的呼喚，純樸的回歸〉；林絲緞的藝術生涯——〈難忘的女性〉；陳必先〈十個指頭，一分驕傲，千斤鄉愁〉。一九八〇年二月十二日又有一場現代繪畫的座談：「震撼國際畫壇的大手筆——趙無極的人與畫」，在版畫家畫廊舉行，與談的人是李錫奇、汪公紀、楚戈、賴金男、漢寶德等一時精英。

不能免俗，長篇連載小說仍是《台灣時報・副刊》的重要賣點。原有的畢珍《八面威風將軍》、趙慕嵩《追逐歲月》之外，一九七九年一月加入朱西甯的《獵狐記》、二月加入彭歌翻譯辛格的《蕭莎》，三月登出洪小喬的《出租女人》。有意思的是，三月有葉公超的文章，張夢機、羅青、黃永武亦見報端。接著五月，見到梁實秋、管管、尉天驄、辛鬱、羅英、張默。顏元叔在六月寫了〈奧德賽的洗澡毛巾〉，從文學中尋找花絮；又與王曉波對談〈日據新文學台胞抗日〉。這歷史專題延展，有梁景峰〈日據殖民者與被殖民小說〉。生活化的題材，有漢寶德〈買屋記〉，曾永義九月起撰寫多篇「哈佛一年」。一九七九由夏至秋，我們陸續見到曹永洋、王邦雄、卜少夫、梁丹丰、游喚、思兼、郭立誠、許世旭、林柏燕的大文，繆天華在教師節發表了應景卻又清新的〈學海三師〉。王邦雄的幾篇短論，撰寫專欄的才華已充分展露；而龔鵬程〈評林語堂的《蘇東坡傳》〉和次年的〈評錢著管錐篇〉，也讓人刮目相看。他的紀錄文稿靈活生動，批評文字也見出功底。他給主編梅新的印象極為深刻，伏下後來承擔《國文天地》總編輯重責大任的因緣。

《台灣時報・副刊》的作家群，和梅新以文結交，後來都成為邀稿的對象。即以師大國文系教授繆天華先生來說，在《中副》就有個不定期的專欄「耳聞眼見散記」。主編約稿是有企畫、有命題的。繆先生寫過一篇〈姜亮夫〉（一九八八年四月十八日），沒想到一年十個月以後，竟由《中副》轉來美國賓州大學研究生李武寄出的姜亮夫本人的信函，信中除了談及閱讀後的感動，九十高齡的老學者還有兩件麻煩事相託，仍請李武轉信。繆先生讀後感慨不已，又寫成〈大陸學人的回響——姜亮夫自杭州來信〉（一九九〇年五月三日）。文章刊出兩天後，報社轉來台中徐蕙芳女士的限時信，原來是已故姜夫人的童年好友，想索求姜家地址，以便弔唁；兩位學人又開啟越境遙寄的信件往來。後來繆先生收到姜亮夫女兒的信函及照片二幀，再寫〈姜亮九十慶辰——〈大陸學人的回響〉之餘〉一文（註一）；至於黃慶萱撰寫〈《耳聞眼見散記》讀後——開卷有益，掩卷有味〉，又是後話了。

二〇一七年五月三十日完稿
七月十日修正

註一：以上各篇文章，皆見《桑樹下》，三民書局，一九九五年六月。

開闊而豐饒的新天地

——《國文天地》初創的二十四期

◆張素貞

民國七十四年（一九八五）六月，國文學界一份眾人期待又不免有些許擔憂的月刊雜誌誕生了。這《國文天地》開頭兩年二十四期的編輯，在「知識的、實用的、全民的」宗旨之下，集結了國文學界以及相關科系的專業人才，編輯委員的贊助，社長、總編輯、主編、編輯組員全力激盪，發揮了老、中、青無盡的創意，以活潑、新穎的版面，豐饒的內涵，開闊的大氣，締造了出人意表的佳績。

回顧三十餘年前，《國文天地》初創，新辦一份雜誌，實際存在相當的風險。梅新當年跟著顏元叔到正中書局，說好要為顏總編輯「做事」的。爭取創辦《國文天地》，梅新當然有很多理想，而理想要如何落實，大批的顧問團——編輯委員、總編輯與主編的人選就非常關鍵。他確真物色了絕佳的人選，組織了堅實、極具韌力、無限潛力的編輯小組，從企畫編輯、約稿、採訪、紀錄，到讀者積極回應、撰稿，達致普遍的效果。相信許多中文系出身（或即使非中文本業）的一時俊彥，翻檢這《國文天地》起始兩年的月刊，不論當年在大學或中學服務，是作者或是讀者，都會有充實而喜悅的心境。

欄目多樣變化，編輯活潑靈動

總編輯龔鵬程〈徜徉在國文的新天地裡〉（十三期）一文檢視第一年十二期的《國文天地》，說：

> 十二期以來，我們發現：撰稿人中，博士即達一二五人次，前後開闢的專欄，也多至四十種。並策畫了「國文在民間」、「資訊時代的國語文」、「編輯工作中的文字問題」、「科學與中文」、「經典與現代生活」、「生活裡的國文」、「文學改良以後」……等十個專題，也舉辦過七次座談會，五場演講。對一個民間雜誌來說，有這麼多碩學鴻儒及社會人士參與，實在是非常罕見的。

綜合第二年度一起觀察，這些項目更形多樣。撰稿人大多都在大學服務或研究，中學教師投注的心血也不少，補習班、報章雜誌的文字工作者除了撰稿，也參與座談。專欄設計的欄目不斷有增益、變化，編輯們的巧思，常見活潑靈動的創意，不勝枚舉，令人讚賞。就合訂本歸納的總綱來看：「專輯」、「文化思想」、「人物」、「經學」、「世界學術思潮」、「書評」、「文字」、「語言學總論」、「語音」、「語義」、「語法」、「文學」、「藝術」、「科學」、「考證」、「應用文」、「圖書館與工具書」、「讀書札記」、「國語文教育」、「國文考試」等，各種面向都有所著墨。緊扣「知識的、實用的、全民的」三大鵠的，從專欄的名目來看，最初的「熱門話題」，後來可以「實用」到請來第一線的教師做「聯考氣象台」報導，為「國文考試」指點迷津。

就國文本業的涵蓋面觀察：標榜「知識的」大目標，便得具備扎實的工夫，從第二期起開設的「解惑篇」，讀者的問題五花八門，延請專業專才「解惑」，往往是細究原委，解析入微，洋洋而成一篇小論文。偶爾這些「解惑」也會有「回應與挑戰」，又得再度釋疑；一點都無需迴避，再論述依然是小而大的論文，《國文天地》的撰述人都表現得溫婉而寬和。

學者專業的專欄及作者群

由創刊號發端，就有幾位才華橫溢的學者，運用活潑的巧思，生動的命題，深入淺出地撰寫個人專業的專欄，持之以恆。這些專欄是羅肇錦的「中國話」、王仁鈞的「文法講話」、竺家寧的「古音之旅」、楊振良的「有趣的中國字」、王文進的「文章選析」、范月嬌的「國際漢學鳥瞰」，後來又加入了黃沛榮的「易學辭典」、劉潔的「字斟句酌」、王邦雄的「古典新詮」、姚榮松的「方言溯源」、林聰舜的「史記人物論」、康來新的「畫龍點睛」、陳廖安的「筆記大觀園」，以及詩詞評論大家葉嘉瑩以七絕開筆細論溫庭筠、韋莊、馮延巳、李煜、晏殊、歐陽修、李璟、晏幾道的詞。

其他的專欄，則因應調節，約請不同的學者輪流撰文，鄭明娳、魏子雲、王熙元、黃永武、呂正惠、劉君燦、梁桂珍、洪淑苓等都是健筆。《國文天地》月刊之所以亮麗出色，得力於眾多人才的熱情參與，而劉兆祐、黃慶萱兩位教授最見愛護刊物的多面才情。他們兩位都在創刊號即和讀者照面，談讀書要當心錯字、如何編寫教材。此後劉教授應和撰寫「我的國文老師」、「叢書特寫」（五次，十三、十四、十五、十六、十七、十九期）、「書裡的玄機」（兩次，二十一、二十二期）、「應用文的現代化」專欄，並在「早期從事創作的學者」中受訪。黃教授做了很多「解惑篇」的詳解，撰寫〈怎樣編寫國文教科書〉、〈談字典〉、〈談辭典〉、〈科學的中文〉、〈生機與活力〉等文章，也參與「紙上交流道」的座談，還為初上文壇的研究生把關。同樣鄭重為初試文墨的學生校訂的，還有文法大師戴璉璋教授。這些國文菁英的論說，大抵都能發揮個人的慧見，還兼顧詳盡闡述，讓學術通俗可解，以切合「全民的」目標。當時在各院校擔任主管的學者，常會被邀請參與座談，增添忙碌。包括各種專輯的企畫採訪，亟需大量的紀錄能手，編輯小組的成員變換幾個筆名，時間上照樣應付不了，許多碩、博士生便被推選出來「歷練」，其中有好多位後來都成了名家。陳益源做了許多紀錄，包涵民間文學的專業論文，總共撰寫了十一篇大文；簡恩定寫起「生活語典」的專欄，每期都有幾個詞語典故；洪淑苓從「作家與國文」專欄訪問現代詩人洛夫做起，結下研究新詩的遠緣。像林慶彰、陳新雄、許清雲等有名的學者，也不免要在「解惑篇」為讀者釋疑，林慶彰指出〈《大辭典》的一些疏失〉，陳新雄提問〈詩經中的楊柳意象象徵什麼〉？許清雲追究（古籍能不能今譯）？文化思想和文學仍是《國文天地》的大宗，集結國文界的菁英，龐大的作者群，到了後期，跨界、跨領域，媒體報紙雜誌的文字工作者及作家（如：羅蘭）、藝術家（如：熊秉明、陳宏勉）也都參與了。

《國文天地》的「人物」專欄

《國文天地》的「人物」專欄，成功者背後有著不平凡的故事，借重名人學者的經驗，做為大眾取法的借鏡，極具意義，相當討喜。「學人鏡詮」的攝影與題字，「焦點人物」的採訪報導，都是卓越有成就的名家。第十四期的「中文系索隱」專輯，分兩個單元，一是「中文系裡的夫妻檔」，採訪了七對伉儷、十四位高等學術殿堂的學者；另一單元「早期從事文學創作的學者」，採訪了史紫忱、黃永武、邱燮友、林炯陽四位教授。這些特定範圍內的高級知識分子的傳記、二三事，同時都附帶要介紹早年創作的事例，在人物素描中，大抵是相當引人的。「早期從事文學創作的學者」還有續集，第二十一期就有劉兆祐教授的訪問。

描寫人物，「我的國文老師」切合刊物需求，雖是必須符合特定條件，時代、環境殊異，各色人等可寫各色人物，郭小莊就敘述了〈我的國文老師——一代戲劇宗師俞大綱先生〉。除了文學界人物報導，如黎谷的〈藤風書屋中的長者——戴君仁〉，宗教界也有張火慶〈自由去來，弘法未了——記李炳南老居士〉。《國文天地》的格局開闊，也呈現在奇人異事的報導：邱財貴筆下的掌老師，如何以新學鎔鑄舊學，在流俗之中，竟能獨立堅持古代書院式的傳道、授業、解惑？畢長樸先生，一個大廈管理員，只有初中學歷，如何能自學而精通多種語文，完成多部可供研究生參考的學術專著？在流行歌曲的座談、討論中，我們又見到俗與雅的區隔其實很微妙、很困難，俗，也俗得有其存在的深義。

《國文天地》的編輯涵括各種層面

《國文天地》的編輯理念宏大，意圖涵括各種層面，談國文教學，中學、大學之外，也談小學、兒童文學，也製作「國文在民間」專輯，談「生活裡的國文」。「國文在民間」專輯中，曾昭旭〈延續孔門講學傳統——鵝湖文化講座〉談論《鵝湖月刊》雜誌十年的經營與鵝湖文化講座的推動，除去眾多學友砥礪共同奮勉之外，邱財貴親身承受掌老傳統講學的福澤，轉而大力贊助文化講座順利推行，他的無私奉獻不可埋沒。

從龔鵬程談周棄子的詩文、批點，推薦專家詞該讀，到唐復光的〈《遯齋閑覽》抄本〉介紹，可知《國文天地》的知識性，既可以把握時代風習，談流行歌曲，也並不避冷僻的題材。不避冷僻，周鳳五和王國良就敦煌寫本的「辯才家教卷子」考證及補正（十、十二期），使品德陶冶規範的通俗教材容易理解；黃永武的「敦煌寫本唐詩校勘舉例」（十八期）則以考證與修辭學的角度，肯定敦煌寫本對唐詩研究的意義。

唐復光〈《遯齋閑覽》抄本〉引發朱銘源的「回應與挑戰」，也和王國良一樣做資料的補正，足見《國文天地》的開放。文人論說並無筆戰的火爆，而是真理越辯越明的君子論學；類似的反覆推演討論，也見於陶淵明的「無絃琴」到底有沒有琴絃的「追根究底」。《國文天地》既有傅錫壬的書評〈白川靜的《中國神話》〉，因為牽扯到譯者王孝廉的譯筆，兩個月後，又刊出王孝廉的「回應與挑戰」〈關於白川靜《中國神話》的中文翻譯——敬答傅錫壬先生〉。如此反覆論學，專家精論，讀者細讀，《國文天地》提供了豐饒的饗宴。

《國文天地》既有國文專業方方面面的多種文章，也橫跨科技，劉君燦的「科技史釋文」系列及相關科學語文教育文章，是很好的示範。此外，楊文振憑著任職農業改良場的專業寫出〈也談黑鰡與泥鰍〉（十二期），以詳盡、明晰的解說，拍板定案，終結了第八、第十期四篇文章的討論，堪稱精采的科技國文了。

關於藝術方面，篆刻印章是其中之一，陳宏勉「中國字的藝術」系列介紹古今賞心悅目的許多璽印，黃秋芳的〈虎年談虎印〉也是把握時令的藝術。溥心在「為廣告文字開刀」專輯的〈被人遺忘的小角落——您認得幾位大師題字？〉一文，配合攝影的圖像，針對以大師墨寶做的廣告給了正面的讚美，因為大師的題字都是書法超級藝術。「和平東路傅狷夫獨占鰲頭」、「衡陽路人文薈萃」、「溥儒橫行博愛路」、「重慶南路古今兼存」、「席德進、董陽孜異軍突起」、「招牌文字可以是精緻文化」幾個小標目，切要而靈活，十足吸引人（十九期）。又如朱銘源另就圍棋史料專業撰寫的〈為《中國圍棋》解惑〉，半是書評，半是校勘；但擱在「關懷兒童」專輯中的溥心報導圍棋玩具一文，則是藝術的報導。高信疆的上秦文化企業設計製作了三十多組、三百多種不同造型的立體玩具，文化的、藝術的精緻兒童玩具。試看蔡志忠設計了漫畫造型的

「孫子兵團」，詹素嬌設計極富現代感的「嬌嬌動物象棋」，奚淞仿戰國楚漆畫，經過審慎考證、設計了樸拙可愛的人物。鄭問以壓克力的質感表現太空科幻感覺的「太空大戰」，董陽孜、席慕蓉、朱銘也在棋盤上各自展現書、畫、雕刻的藝術（二十三期）。這些立體玩具是有所傳承、也有所創新的藝術。

當然，雅音小集創辦人郭小莊曾談述一代戲劇宗師俞大綱（「我的國文老師」專欄，林慧峰整理），江靜芳〈作詞的人這麼說——訪慎之、陳克華、陳桂珠〉（「流行歌曲知多少」專欄）報導歌詞作者為歌寫詞，或做好歌詞再找人譜曲，都已由人物專訪兼跨了藝術的領域。還有漫畫家廖文彬、鄭松維的「成語鮮點」專欄的理趣漫畫，也可以廣泛、通俗地歸入藝術範疇。

國文教學的革新創意

《國文天地》刊載不少討論國語文教學的文章，平均幾乎每期都有一篇初、高中課文的選析，大都是豐富飽滿、足以示範展演的好教材；許多語體文的教學賞析，徹底打破了「語體文沒什麼好教」的荒謬迷思。然而這還不夠，國文教學的問題很多。

《國文天地》試圖擴展各項專題的觀察視角，我們可以看到「問題重重的大學國文」座談會，邀來各校大一國文召集人參加討論，希望「集思廣益，澄清諸多認知上的盲點」，代表們觀點不同、立場紛歧，很難獲得共識。但坦率交換意見，「已隱然顯示了革新的契機」（十五期，引號所引乃編者按語）。這個座談紀錄，是大的專題「大學國文問題會診」的第二項目。第一項專文廣場，沈清松〈國文教育的新方向〉，鄭志明〈大一國文能否負起文化傳承的責任？〉都是大目標、大任務的提點。第三項系主任訪談：各行其是。見出各校對大學國文問題的自我檢視。以上大學院校學者群的討論還不夠全面，且看第四項社會人士訪談，陳義棟的〈第四片土司麵包——訪社會人士談大一國文〉，訪問了二十位非國文科系畢業、各種非國文職業的社會人士，詢問：開設「大一國文」的目的、目前「大一國文」教學授課的方式理不理想？認為應如何改進？相當客觀地歸納：國文程度低落，但「大一國文」並不受重視。

《國文天地》編輯部幾乎以KUSO的筆墨列出「國文教育診斷書」，副題是「誰來根治十大疑難雜症？」疑難雜症是關節炎（與高中教材重複，整體教育脫節）、精神分裂（教學理念不清）、白內障（只重文言文，忽視白話文）、愛「史」病（延續傳統教材、教法）、高血壓（教材中道德及民族精神教育的比重太大）、高山症（仰之彌高，鑽之彌堅）、消化不良（死背死記，食古不化）、膽結石（教材、教法、師資問題重重）、多「錄」聯「本」（校園影印文化盛行不衰）。巧思妙語，讓人發噱。文尚不繁，不擬備載，且在括弧中重點提示。事實上，問題嚴重，但並非完全不可為，「大學國文問題會診」的第五項，是教材新編〈觀今察古．兼容並蓄——理想教材的預擬〉，就各學院的特質研擬可讀的古典教材，立意雖善，似乎也略嫌精深。

《國文天地》有一些篇幅，以學習者為主體來檢討中學的國文教學。夏瑞紅的〈誰來蓋新的國文教室？——訪六位有心的年輕人與他們的「創造性思考教學」〉，但願設計實用活潑的教材，使「教室不再是受難室」（十三期）。陳賢俊〈讓國文教育翻翻斛斗——一群國中生給我的當頭棒喝〉，敘及國中生受不了枯燥乏味的「講光抄」、「背多分」，即使用功，也是一副「苦瓜臉」或「辣椒臉」或「棺材臉」；其實「放牛班也有驚人的創造力與積極思想」，應該「點活創造思考力，建立師生新倫理」（十五期）。梁桂珍的〈大家來編教科書〉指導中山女高三廉同學發表對高中國文教科書的感想和建議，並做了紀錄。檢討最喜歡和不喜歡的課文，希望選讀更新更多元的白話文，但願作者生平介紹別像履歷表，課本要有組織安排、循序漸進（十六期）。於是集思廣益的叢書《國文教育動動腦——創造思考性國中國文》（國文天地雜誌社，一九八七年四月二十日）成為全齡適讀、頗受歡迎的暢銷書籍，乃國文學界的一時盛事。

《國文天地》推出文化講座

《國文天地》出刊一年後，籌畫推出文化講座，「請來聽權威的講授、精采的內容，以開拓萬古之心胸，直探中華文化的堂奧。」晚間七時到九時，開出的講座是，週一，唐宋詩詞，主講人：張夢機；週二，莊子，主講人：顏崑陽；週三，禮記，主講人：周何；週四，易經，主講人：黃慶萱；週五，應用文，主講人：張仁青。

第二期為：週一，現代英文文法，主講人：顏元叔；週二，李商隱詩，主講人：顏崑陽；週三，中國古典小說，主講人：康來新；週四，俗文學概論，主講人：曾永義；週五，史記選讀，主講人：蔡信發；週六，現代電影，主講人：黃建業。

第三期為：週一，現代英文文法，主講人：顏元叔；週二，蘇東坡詞，主講人：顏崑陽；週三，杜甫詩，主講人：張夢機；週四，史記選讀，主講人：蔡信發；週五，詩經，主講人：呂正惠；週六，中國美學，主講人：蔣勳。

第四期為：週一，人生哲學，主講人：王邦雄；週二，莊子，主講人：顏崑陽；週三，唐宋詞，主講人：張子良；週四，史記選讀，主講人：蔡信發。

這些專業學者，大多在繁忙中另外騰挪時間，夜裡加碼，極為難得。這四期講座，顏崑陽貫徹始終，同一時間，卻是變化更換，講了三門課。蔡信發同一門課，時間微調，開過三期；顏元叔同一門課、同一時間開過兩期；張夢機不同課題、不同時間也開過兩期。至今回顧，這些學者皆屬個中翹楚，當年新硎發軔，一發不可收拾，三十年後都還是極負盛名的學界大家；王邦雄、蔣勳更是熾手可熱、演講不輟的名家。短短一年，講座的開設，又是學界的大動員、大團結，這可以看出《國文天地》以極其微少的人力，像這樣總動員、做大事，編輯小組的雄心壯志，熱情奉獻，可敬可佩。

周年慶既學術又娛樂的盛會

《國文天地》編輯的活潑、充滿活力，也表現在周年慶的活動上。一九八六年六月十四、十五日，會合編委、作者、讀者及民俗藝人百餘位，湧向洪荒峽谷，在烏來的巨龍山莊做兩天一夜的文學、文化講述及娛樂聯誼活動。十四日下午二時，陳宏勉以私藏精選的印石，配合幻燈片展示，縱談「篆刻藝術」；許多參加的讀者發表對國文的感懷，有人提及古籍今譯的專業知識深奧難解，王仁鈞教授表示，應從根本做起，於國中時代加強閱讀古文的能力；劉君燦先生指出，古籍中的科學知識值得深究，中國並非只有技術而無科學。十四日晚間的「說唱民俗曲藝」，是聯誼活動的高潮戲。不但邀集了國內彈唱名手，更有談笑風生的李殿魁、曾永義「兄弟檔」主持、簡介，他們也「能吟擅唱」即興表演，賴橋本、周何、黃永武、龔鵬程也各自展現才藝。十五日上午十時竹南高中老師劉正幸，以幻燈片及投影片示範「視聽媒體教學」，並以「視聽教育之回顧與省思」為題，徵引、檢討、期許。下午一時三十分，由張夢機、陳文華、黃永武主講「文學與生活」。張夢機以為古人的生活中，舉凡酒宴、燈謎、詩歌唱和等，都與文學密切相關。現代人現實生活雖與古典文學疏離，但也有希求調濟的心態，該培養「文學的心靈」。陳文華接著從文學的功能暢談文學與生活的結合；黃永武則以親身經驗現身說法，強調文學的心靈有助於我們發現普遍真理，也有助於暫離實用效益的計較，提供心靈的舒展、全新的思考角度。

讀者中也有多位非國文本行、本業的人，楊樹清〈一支文學的進香隊伍——記《國文天地》的信徒們〉專意紀錄了各色人物的談話，包含各種學歷、職業，也有高商的學生；漫畫家鄭松維，一邊與會，一邊即席就為王仁鈞教授素描。活動餘興，還有讀者意見調查表、抽獎及贈書活動，頭獎天梭錶，價值萬餘元。《國文天地》十四期列出：「感謝文史哲出版社、洪建全基金會、故鄉出版社、里仁書局提供贈書，並謝謝竹間工作坊提供『鏡詮小棚』特別攝影節目。」同時也「感謝本刊編委及作者周何、張夢機、曾永義、黃永武、黃慶萱、李殿魁、竺家寧、王仁鈞、陳文華、劉君燦、羅肇錦、顏崑陽、鄭松維撥冗參加。」「感謝民俗藝人楊錦池、程松甫、張彩琴、賴橋本、龍乃馨等人共襄盛舉。感謝讀者林春敏、蘇肇輝、彭元岐、陳漢源、楊樹清協助錄音、攝影及座談整理。」楊樹清時為洪建全基金會未來雜誌總編輯，如今在文壇也頗有名氣；賴橋本當時是師大國文系曲學教授，大概演唱絕活兒〈秋思〉太精采，編輯部失察，列為民俗藝人；社長梅新「只能說幾句話」，立下第二周年慶，將民俗曲藝搬至國父紀念館或文化中心說唱的宏願。三十年前，百餘人相聚，群賢畢集，「閑人不是等閑人」，兩天一夜，節目益智而緊湊，這麼豐富的既學術又娛樂的盛會，令人心嚮往之。

編輯小組台前幕後

《國文天地》出刊二十四期能有相當出色的成績，首任社長梅新的理念和引導固然是一大因素，他能夠知人善任，物色、商請到年輕有幹勁、極具才華、國學根基深厚、識見非凡、又有組織能力的總編輯龔鵬程，就是非常關鍵的一著好棋。副總編輯（初列主編）溥瑛則有編輯經驗，創意新穎，善下標題，採訪、紀錄靈活生動。三人要參與許多專輯、座談的規畫、製作、與談。龔鵬程常撰稿，溥瑛尚須採訪或紀錄。由於正中的經費限制，兩位總編輯、副總編輯都只是兼職，單看雜誌月月出刊，那麼琳琅滿目，想像不到他們二位還有繁忙的正經教職。《國文天地》也得力於多位主編，繼溥瑛、黃秋芳之後，林慧峰這位編輯也是幹才，奉獻良多。不僅月刊的編務（包括校對），她也做紀錄、採訪。第二年加辦《國文天地》文化講座，事前接受報名，每天夜間加班，料理講座進行的瑣細業務，卻井井有條。當時她不過剛從台大中文系畢業，竟堪擔大任，穩重幹練如此。詩人沙笛（汪仁玠），參與編輯，也做採訪、紀錄（〈一朵又美又真的山水仙——訪燈屋裡的蓉子〉），後來做叢書主編。當年正中書局出過《叫太陽起床的人》（一九八六年出版）這部叫好又叫座的書籍，主編梅新先生召集採訪尖兵，整理十大名人的奮鬥故事，正是這組編輯群腦力激盪，取得了傲人的成績。多年後詩人商禽也去天國的同溫層和梅新相聚，沙笛的深情悼文，側寫、勾勒了兩位詩人在《國文天地》縱論文學的聲容身姿。商禽曾經參與〈流行歌曲知多少〉的座談，我推想，大約商禽的詩人創發理念，也曾在《國文天地》發酵過。

《國文天地》進入第三年，仍在正中書局旗下，編輯小組改組了，人文講座也略為更動。「史記人物論」專欄，林聰舜談論范睢、酷吏之後（二十五、二十八期），由蔡信發接手繼續撰寫。第四年，全面改組，正中書局釋出，由國文界多位教授主其事，社址移轉，另是一番新氣象。

——原刊於《中國語文》七一六期，二〇一七年二月

二〇一七年六月二十六日、七月二十三日修正

在中副的日子

◆郭強生

梅新先生的公子去年夏天前往紐約攻讀博士，他申請到了NYU紐約大學，算是我的學弟了。當時我人也在紐約，不知道他會不會有什麼疑難雜症而跟我聯絡，在等待的過程，我找出了收藏十幾年的第一封梅新先生寫給負笈來此的我的信箋。當時我自己仍在失恃的悲傷中，想起梅新先生過世時我正在趕寫論文，頓時百感交集。我展開泛黃的信紙，老長官向來都用簽字筆在「中副」稿紙上與人書簡往返，字體瀟灑卻不失工整。信中他期望我在念書之餘不忘寫作，覺得一個寫作的人必須放眼世界，出國會讓我更上層樓，尤其美國是強盛的國家，一定有一些東西……我心裡想如果梅新先生在世，一定會寫出更動人的家書給他在美求學的愛子。我有股衝動想把這封信轉寄給公彥老弟，希望那諄諄關切的語氣能帶給他一些安慰及鼓舞。記憶中收到這封信時，我有一種喜出望外的感覺，沒有想到「章先生」會在編務繁忙中抽空提筆。我們那個時代沒有e-mail，越洋電話奇貴，在海外收信仍是最開心的時刻。梅新先生總是會在你需要的時候，表現出他粗中有細的一面。

我在「中副」服務過一年，也正是梅新先生重振「中副」，大展身手的開始。同業間都知道，跟梅新做事並不容易，他總是希望能用遜於友報的資源及人力，做出毫不遜色甚至更勝一籌的副刊。所以做為他的編輯，我們的工作不只是看稿發稿，我們得親自下場採訪、企畫、紀錄、撰稿……完成他一個又一個機動性十足又富創意的點子。平均那時候為版面每個月寫個三、四萬字的稿是常事。曾經我也叫苦連天，因為自己的小說創作才正起步，總希望能多留一些時間給自己的創作。結果變成白天在趕副刊的稿，夜裡伏案寫自己的小說，寫得精疲力竭，結果一年中我竟也同時完成了兩本短篇小說集。我後來常跟年輕的朋友說，我今天能寫許多不同類型的文章，某一方面的確得之於當年的「訓練」。我最記得梅新先生說過，他再忙也要寫詩。都是什麼時候在構思呢？早晨剛睡醒賴床的時候，他把棉被蒙住頭，用那十來分鐘又斟酌修改了一個句子。要走文學創作這一行絕不是一件浪漫愜意的事，我在那時便深有體會。經過了「中副」這一年，我之後面對文字壓力沒有所謂的焦慮，因為從梅新先生身上學到如何善用時間，藉著時時刻刻的用心捕捉靈感、思考問題。一般年輕人在開始寫作的時候，多多少少太專注於「文藝」路線。而當時在梅新主編的督促與「壓榨」下，我也被迫去寫了許多政治、歷史、財經……的採訪稿，現在想來也都是有幫助的，我開始用比較多元的方式看問題。

梅新先生當年可謂用人大膽，我們同一個辦公室的一半以上從未接觸過副刊編輯工作。他真的就是一個一個教，母雞帶小雞似的，帶我們去拜會，去觀摹，去認路。常常在上班時間，他會突然走進來說，×××，跟我出去一趟。結果就是跟著他坐上計程車，去中研院跟吳大猷先生喝杯茶，去余英時先生下榻的飯店聊聊天，或是參加一些開幕酒會什麼的，我那時還不過是剛出校門的大學生，於是學會了常常觀察他，多了解了許多應對進退。兩三個月後我竟然也就出師了，開始單槍匹馬跑新聞局、經濟部，或是拜訪文壇大老。當然，我也學會了一些不是很必要的事情，譬如說在筵席上為他擋酒敬酒，我從滴酒不沾到後來也練出了一點兒酒量。

我眼中的梅新先生有種淡然中略帶憂鬱的氣質，他做起事來像拚命三郎，但是靜下來的時候，他會讓人覺得是不是冷落了他。人多的時候他總是笑得最大聲的那個，但是與他有機會獨處時，他不時就會說出一句很個人、很貼心的話。就像我知道他並不是那麼愛寫信，卻會記得在我去美後一週就來信，他似乎對我們這一批童子軍每一個人都有一份不同的期望。也因此之故，當年的新人現在已成老人的我們，一直沒有因為工作單位不同而疏遠。

我一直很佩服梅新先生的沉得住氣，處理起事情來自有他的分寸。在我出國後第二年，我得到了一個當年算是鉅額獎金的大報文學獎，但是從當初的獲獎通知到我回國領獎，這當中顯然出現了一些奇怪的變化，不僅是得獎人從一人獨得到兩人同享，我甚至連頒獎典禮邀請函都沒收到。梅新先生通常是不參加友報文學獎頒獎的，但是那次他突然跟我說，在飯店的大廳等他，他要跟我一起上去。更奇怪的事是，頒獎典禮上我又成了唯一得獎人，但獎金卻減了半。當然事有蹊蹺，但是我隨即就又回紐約上課去了，事情的原委是後來才從評審委員中慢慢得知。原來是主辦單位介入了評審過程，投票結果破壞了他們心中早已預定的一個計畫。這時我才恍然大悟，梅新先生其實什麼都知道，他陪我參加頒獎典禮是為了「護航」，怕主辦單位有心刁難我。可是他什麼都沒有多說，以他上司的身分卻擔任了一次我的保鑣。當真相大白之後，我對梅新先生的處理方式更加感激，不光是因為他保護我在當天沒有受窘，同時他也保護了我不受文壇現實殘酷的干擾與打擊，讓年輕的我對文學還保有一種信仰，而不被捲入爭奪與傾軋的文壇惡習中。但是畢竟我已是文壇的一份子了，類似事件在往後必不可免，而每當我遇到不知如何解決的問題時，尤其懷念起我的老朋友、老長官。

——原刊於《中央日報》副刊，二〇〇三年五月一日

曾經，我們翻開報紙的第一件事是讀副刊（節錄）

◆郭強生

二〇〇六年五月三十一日，《中央日報》走過七十九個年頭，印行了最後一天的報份，從此走入了歷史。就這麼巧，那天「中副」版面上的專欄輪到由我「值星」。報紙停刊的決定來得倉促，主編黛嫚一知道消息便通知了我，囑我為副刊寫下最後一次的「方塊」，我們在電話上沒有多講什麼，盡在不言中……

時間回到一九八八年。

早我半年進入「中副」的黛嫚，替我引見了當時的主編梅新先生，第二天我便成為了梅新先生口中「一群小蘿蔔頭」的副刊編輯一員。那是一個美好的年代，報禁解除，三大報增張，「中副」一下子擁有了三個版，正適合意氣風發、對文學滿腔熱血的梅新先生好好大展身手！不怕我們這群才剛離開校園的文學科系畢業生之前毫無編輯檯工作的經驗，梅新主編一個個從頭教起。我本來決定要出國念書的，就因為這樣在國內多待了一年。

雖然一年後離職，但是我與「中副」的關係始終未斷，只因為那一份「革命情感」。在資源與另外兩大副刊明顯懸殊的工作環境，再加上報紙特殊的黨報色彩，我們這群年輕編輯在主編梅新的帶領下，更加認知到堅持這樣一塊兼具開放視野與文化內涵的純文藝園地之重要。大家每天都抱著「輸人不輸陣」的傻氣，把其他幾家副刊攤開比較，一邊觀摩，一邊體會，一邊學習，怎樣可以讓副刊這個版面更靈活、更醒目、更……

「中副」歷經了孫如陵主編的盛世，梅新主編的重新擦亮招牌（共獲得了四次金鼎獎），到了黛嫚掌舵時，大環境已經越來越惡劣了。但即使如此，她不僅仍維持了「中副」一貫的品質，更時有前瞻性的精采企畫佳作，身為老同事的我深知其不可為而為的勇氣與藝高膽大。沒錯，黛嫚執掌華文報紙歷史最悠久的副刊那年，不過才三十出頭。

美好的一仗，我也曾在場，我們都在場。

這一仗，不光是為編一個副刊，而是為台灣文壇的深耕與傳承盡一份力。那個所有華人唯一看得到的副刊就只有「中副」的年代……那個曾經在海外的大陸作家都渴望能在他們最熟悉的「中副」發表文章的年代……

——收錄於林黛嫚《推浪的人》推薦序，木蘭文化公司，二〇一六年十一月

推浪的人（節錄）

◆林黛嫚

副刊也有溫度——熱副刊主編梅新的熱編輯會議

台灣報紙副刊的發展，從孫如陵主編提出的「綜合副刊」，到林海音主編《聯合副刊》時的「文藝副刊」，再到一九七〇年代《中時．人間副刊》副刊高與《聯合副刊》副刊王良性競爭的「文化副刊」時代，一路走到二十一世紀。隱地先生曾經討論各報副刊的性質，而把副刊分為熱副刊與冷副刊。冷副刊指的是傳統的副刊，編輯不必出太多點子，只要坐在編輯座位上細審來稿即可，優秀的留用，不合適者退還；熱副刊則與社會脈動緊密結合，是一個企畫性極強的新潮園地，副刊編輯置身多元時代中，不時有新點子、新的主題在版面上呈現。

梅新主編時期的《中央副刊》當然是熱副刊，他開始主編的那一年就拿到了新聞局主辦的金鼎獎副刊編輯獎，當時文壇都認為是實至名歸，因為那一年的「中副」和之前的編法實在太不一樣了。我進副刊時，剛好是得獎後的慶功宴，沒有任何功勞的我也享用了一頓盛宴。

一九八八年的元旦，報業競爭正式開打的第一天，副刊版面上有一大欄「中副的一大步」，預告新年推出的六大專欄，包括〈作家的第一件差事〉、〈走向社會風景〉、〈漫畫文學家〉、〈名家推薦的一本書〉……當時我就想，這些精采的標題與內容是怎麼訂出來的？

別的副刊的文化風格是如何建立的，我無權代言，不過因為跟著梅新主編做事，倒是知道得獎的副刊怎麼編的。熱副刊的主編腦子沒有一刻休息，總在想著新點子，全身的細胞大張，時時在觀察身邊的人事物，文學不只是文學，也是政治、時事、社會、新聞……版面上的內容不能一成不變，得經常推陳出新，除了等候來稿外，也要主動出擊，策畫專題，因此得定期開個編輯會議，腦力激盪一番之必要。

通常是梅新主編說個時間，「後天下午兩點開個會吧」，大家就得絞盡腦汁，準備幾個要提出的點子。大部分編輯會議是在咖啡館召開，或許因為柔和的燈光、舒適的沙發及咖啡香，比辦公室制式的工作環境更適合發想吧。一開始編輯們按照輩分順序發言，先略陳己見，前人提的創意後人也可讚許或修正，最後才由主編歸納總結。我覺得自己不是創意型的人，聽到同事們的發想迭出新意，總是讚嘆不已。原來那些出擊再出擊的專欄與專題製作，就是這樣產生的，副刊的熱度就在這群年輕編輯身上。

等到我接任主編，章規林隨，我也不定期召開編輯會議，事先告訴同事們想些新點子吧，只是創意不夠的主編也很難激發出其他同事的潛質。漸漸的編輯會議就流於形式，加上報社陸續改組，人力一再精減，編輯少到開不成會，所謂的創意編輯會議也就成為回憶。

採訪寫作——時效與確實之間的為難

大眾傳播從業者學習採訪寫作是基礎入門，不過即使是新聞文學，也和副刊工作上的採訪寫作有所不同，登在副刊上的採訪稿比較接近報導文學。台灣報紙副刊進入計畫編輯的階段，副刊編輯幾乎同時是作家，必須擔任的採訪工作也不少。

梅新主編是新聞科班出身，在他主政的副刊，採訪報導分量很重。我自己粗略計數過，我在工作上所寫的採訪稿有數百萬字，比我的文學創作還要多，還常常不得不變換筆名，以免「中副」版面上同一個作者出現太多次。這些採訪稿，除了少數配合專輯印成書外，大多和合訂版的報紙一樣埋沒在資料室的檔案裡。

我曾檢視自己的寫作歷程，不禁想起王鼎鈞先生說過，他早年在報社寫方塊的經歷影響了他的文風，他曾說想寫小說不可得，因為當時方塊寫作文字需要簡潔俐落，而寫小說需要敷衍鋪陳。不管是寫小說或散文，我的文字一向不是華麗繁複，但越來越直白簡潔，或許也是採訪寫作的影響。

中副夢咖啡——文學下午茶，文學在其中

邀請作家演講，談他的作品，談他的人生，這是熱副刊基本的活動，即使是冷副刊時的「中副」，也會藉著一年一度的「中副作者聯誼茶會」來增進文友以及作者、讀者間的聯繫。但是

「中副下午茶」特出之處在於邀請演講的對象不只是作家，層面非常廣，擴及文化、藝術、學術，甚至政治。如果找一個部長或院長來談政策，那是屬於新聞版面的工作，副刊作來就是「踩線」，有失工作倫理，但即使是政府官員，如果言談的內容是他的人生、思想，那麼就也是文學的一部分。學新聞出身的詩人梅新主編，就有這樣的新聞敏感度以及文學心。演講的內容整理出來，放在副刊上發表，既讓讀者認識政府官員的另一面向，也是內容豐富的報導文學或勵志文學。

一九九五年五月，「中副下午茶」開張，一開始是在報社的會議室舉辦，一九九六年二月移師一樓新裝潢開設的「中副夢咖啡」咖啡館。一個咖啡館以副刊為名，即使不是絕後，也一定是空前的創舉，可見當時「中副」在報社受重視的程度。在咖啡館的「中副下午茶」既然以文學為名，第一場便邀請了有「小說王」之名的小說家張大春。他認為寫小說的人是學徒、苦力與工匠，這個譬喻和一般人想像不同，普遍以為文學活動是風雅的，喝茶、飲酒、曲水流觴，所以我們形容文人風流蘊藉，但張大春卻說小說家必須通過學徒、苦力的過程，才能成為工匠。

知名的建築師、也是知名散文家的漢寶德先生，在「中副下午茶」談到他的筆名，很多人覺得他的筆名「也行」很托大，似乎很自負高傲。其實他取筆名並沒有特殊意涵，卻因此做了很多事，確實「這個也行，那個也行，什麼都行」。我在蔡文甫先生的傳記中看到漢先生的另一個筆名是「可凡」，他用「也行」在聯副寫專欄，臧否政經大事，用「可凡」在華副討論文化界大事。這個筆名事，為漢先生談論建築、文化議題增添了趣味。

出門見總統——青年作家與李登輝談文學

學新聞的詩人主編梅新先生，雖然也希望為文學盡一份心力，卻也因為市場取向與競爭需要，不得不做了許多改變，而黨報副刊的特性，在梅新主編的靈活運用之下，更使得「中副」除了文學味，也有些政治味。梅新主編十年間，在副刊上出現的院長、部長、祕書長……數不勝數，不過這些官員與企業家們在副刊出現，梅新主編用報導文學的方式來處理，並沒有離開文學太遠。後來梅新主編又擘畫了一個史無前例的活動，那就是帶著八位青年作家到總統府，和李登輝總統共度一個文學的下午。

國家元首接見外國政要，約見政府官員，接受新聞記者訪問，接見各界傑出的人物等等，這些活動時有所聞，可是和年輕作家談文學、談生活、談成長經驗，而且一談就是兩個多小時，這可是前所未有的一項創舉。誠如隔天報紙上的報導，「在這個文學下午裡，政治與文學是一致的，總統和作家是平行的」。

事過境遷，台灣走到了一個只要說得出道理，人人可以談國是，對國家元首若有不滿，甚至嗆聲或丟鞋之事時有所聞的年代。尤其在政治氛圍丕變之後，也許就連當時「出門見總統」的青年作家都不願再提起往事，但是那次活動讓文學、讓「中副」的能見度放大許多，這應該是文藝推手所樂見的吧。當天副刊版面上引了一段話，總統說：「《中央日報・副刊》是最受歡迎、最被接受的副刊，所刊文章幫助青少年很多，對社會影響很大，是國內歷史最悠久的副刊。」雖是自家報紙上自吹自擂，這樣的說法卻是不爭的事實，身為「中副」一份子，或是喜歡「中副」的讀者都覺得與有榮焉吧。

格子裡的字——一張請帖差點撤了一個主編

小學生學習寫字，是從紅線虛字描摹開始，至少在低年級階段，都是在格子框的整齊的習字簿中寫字。那些格子，固然是因初習字者不易掌握分寸而設好了一個地域，但我以為，也是在提醒寫字者，在這範圍內寫字是正確而安全的，逸出格子，可能會有無法掌握的事情發生。

也許是我的啟蒙老師握著我的手一筆一劃牽引著寫字時，就告訴了我這個格子的紀律，也許是我為自己設的框架，在我成為一個與文字為伍或以寫作維生的人之後，對於文字的力量我是驚嘆與讚佩的，因此也謹小慎微地運用文字，絕不輕忽。

一九九六年梅新主編策畫舉辦「百年來中國文學學術研討會」，以「中副」有限的資源，並不寬裕的人力，辦這樣一個大型會議，就像章先生一逕的風格，以最少的經費、最精簡的人力，做出最好、最有效的事情，但從另一個角度看，也真是不自量力。聯合報系在這之前辦了一個「四十年來中國文學國際學術研討會」，中國時報也辦了「張愛玲國際學術研討會」，兩大報的人力、財力和資源，「中副」如何能及？梅新主編性格中堅毅不服輸的部分總是讓他做出許多讓人刮目相看的事。這場會議邀請了國內海外及大陸兩百多位學者作家與會，尤其是大陸學者陣容之堅強前所未見，包括高行健、古華、張賢亮、北島、謝冕、陳思和、賈植芳、嚴歌苓……有許多人是第一次來到寶島台灣，甚至也是最後一次、唯一一次訪問台灣。研討會發表了四十五篇論文及一場「副刊與中國文學」座談會，這麼多嘉賓，這麼多會議，這麼多事，卻只是副刊幾位編輯奮力承擔，直可用忙翻天來形容。

忙中自然有錯，錯誤的發生和人力、經驗不足都有關，若非大錯，遮掩一下也就過去了，偏偏其中一件錯誤和文字有關。

像這樣的大型會議，又來了許多有頭有臉的大作家，請出長官來宴客，讓長官露露臉，何況經費始終不足，能由上級單位設宴解決一頓餐費，也是很合理的。

錯誤便發生在一張請帖。既是正式宴會，由上級長官具名邀請，餐廳送來蓋好主人職銜的請帖，由副刊填寫姓名地址寄發，預計邀請一百五十位賓客，請帖便是一百五十張；但我們的想法至少要發出兩百張請帖，於是我請餐廳再送來五十張請帖，且趕在郵局下班前填好寄出。錯誤就在那多出來的五十張請帖，是由編輯自行填上主人的名字寄出，隔天收到請帖的作家發現帖子上並非正式職章，於是向請客的主人告狀，掀起一場軒然大波。

這件事其實可大可小，小的話一笑置之，不過是印刷體和手寫字的差別；大的話，這可是涉及上級長官的顏面，在那個離威權不遠的年代，這點「小事」足以讓負責人丟了工作。主編果然被召去斥責一頓，若不是大會召開在即，可能立即有人得下台負責。

當時我的座位就在主編前面，我清楚聽到他打電話向上級長官致歉，電話裡只有他一個人低聲下氣敘述經過，那長官也許只在最後時從鼻子裡哼了一聲，表示「知道了」吧。

幸好大會辦得盛大成功，雖有些細節沒有照顧到，但終究是瑕不掩瑜。忙亂過後大家又回到原來的工作型態，那預期中的秋後算帳似乎還沒到來，我仍然記得長官撂下的那句，大會辦完再來追究責任。主編見我耿耿於懷，還惦記著這事，於是抽了個空檔跟我談論此事，他說由於會議順利圓滿，給報社掙足了面子，所有長官以及長官的長官都很滿意，加上他請了一位大老出面說項，事情就這麼過去了。不過主編也告訴我，這件事並不像表面單純，三個字的一個簽名不會構成撤換主編的主因，其中有許多角力，各方人馬都藉著這件事來算總帳。

主編的話當時的我聽不太懂，不過日後慢慢會弄懂。我擅長和文字相處，文字如何組合，呈現何種意義對我來不是難事，前提是，文字得放在它的格子裡，不管是有形或是無形，框住文字的格子，其實也是保全及確定這個文字。

前輩的智慧

在副刊工作，有一場對話令我至今印象深刻，已經忘了是什麼人對我這麼說的，應該是在政府單位或是黨營事業工作，對方問我在《中央日報》做事多久了，我回答：「兩年」，對方說：「那差不多該走了，不然就應該要準備升職了」。因為覺得這樣的思維邏輯太過奇特，因而記憶至今。意思是在一個單位工作超過兩年就該離開了嗎？如果繼續待下去又沒有升職那該怎麼辦呢？

總之，別說是兩年，四年，六年過去了，我還在《中央副刊》，中間升職了一次，多了副組長的頭銜，薪水應該是加了一些，工作內容似乎差不多。跟著梅新主編做事，是一件很自然、自在的事，然後，十年過去了。

一九九七年夏天，梅新主編因身體不適赴醫院檢查，當他得知自己是癌症末期，生命有限時，他為工作做的決定便是上一個簽呈，升我為副刊組組長，他自己還保留著副刊中心主任、主筆的職銜，但是，副刊主編是交給我了。

雖然副刊編輯的工作做了十年，我從未想過會成為主編，也沒有人教我怎麼當副刊主編，但是每一位副刊主編在他接下這份工作時，都知道自己要編出什麼樣的副刊嗎？

如果不是生命走到盡頭，梅新主編也不曾想過要說說自己編輯副刊的理念吧，「他一面推敲詩句，一面黯然遠去……」文友們這麼說。熱愛人生、執著創作的梅新主編在病榻上口述，由他的女兒紀錄整理成〈中副十年〉，就登在他追思告別當日的副刊上。

梅新主編私心是希望把「中副」經營成一個非常文學的園地，讓無論是老作家、創作新人，所有的好作品，都能在「中副」發表。但希望只是希望，文化資訊的演變、報業市場的競爭、報社長官的要求，原本以為做為黨報的《中央副刊》，也許會不一樣，能在文化方面比其他市場取向的商業報紙多做一點貢獻。梅新主編很快調整編輯方針，設計了許多文學以外的專欄、專題，譬如他構想了「今天不談文學」專欄，推出以後非常叫座，文學副刊不談文學，要談什麼？其實這個專欄還是堅守文學的型態，以報導文學的方式來處理一些讀者感興趣的話題。

新聞專業出身的詩人主編，策畫了許多人物專訪，甚至遠赴國外，從北京到巴黎，在網路尚未發達的年代，能夠藉由文字紀錄，讓在中國大陸或是歐美異國的重要作家、藝術家、文化人，和讀者交流他的奮鬥過程、人生觀、創作理念，是很難得的事。專題推出之後，在學術界、文化界都得到相當正面的評價。

「我在『中副』主編了十年多一點，其他方面都相當滿意，對於編輯副刊開創了一些新的觀點，只有對詩的貢獻比較少，『中副』這十年來，我絕不隨便刊一首詩。」詩人主編對詩的要求比較嚴格，但自己編輯的副刊受到一般讀者的喜愛，是令他感到欣慰的。一連四年得到副刊編輯金鼎獎，便是對梅新主編的副刊的一種肯定。

從我加入《中央副刊》的工作行列，梅新主編就以他每天活力充沛、積極進取、永不妥協的做事態度，以他所編的每一天的副刊，在告訴我，副刊就是這麼編的。

——收錄於《推浪的人》，木蘭文化公司，二〇一六年十一月

涓滴細流終成江海

——《中央日報》長河版的編輯特色

◆張堂錡

【說明】

本文原刊《國文天地》月刊十卷四期，民國八十三年九月。從題目中可以看出，當時對這個版面有著諸多熱情與期望，一些新專欄與新計畫也正蓄勢待發。事實上，做為一份定位清晰、且有一定口碑的刊物，它在海峽兩岸都產生了不小的影響力，以此刊物為中心，匯聚了一大批文史學者、研究生，成為學術訊息交流、論文發表的重要傳播媒介。只可惜，在報業競爭的激烈環境下，「長河版」已於八十五年十二月二十三日結束，改為以介紹世界各地新知、趣聞的「大千世界」版，不久，該版也改版結束，如今重讀此文，實已不勝歔欷矣。

以推廣中國文史知識、關懷本土文化、拓展國際視野為宗旨的《中央日報》副刊「長河版」，自民國七十七年元旦創刊以來，已歷經了六載寒暑。在這段不算短的日子裡，雖有幾番人事更迭，也不免有編輯方針上的調整，但其為學術服務、為文化扎根的用心始終如一。六年來在歷任編輯的辛勤耕耘，以及學者、作家們的協助下，這份用心已獲致一些成果，也得到學術界的肯定，雖不敢說燦爛耀眼，但我們絕對交出了一張合格且頗有可觀的成績單。

回顧六年前，國內各報開始增張，準備在報業的戰國時代大展身手之際，「兩個副刊」是許多報紙共同的趨勢，於是，在深思熟慮之後，「中副」主編梅新先生（他過去曾擔任《國文天地》雜誌的社長）決定不走通俗、趣味的路線，而採取以介紹文史知識為主的學術走向，策劃推出了國內報紙媒體唯一結合學術的全版文化性副刊——「長河」。

每週出刊六天，每天需稿量七、八千字的壓力，使「長河版」的兩位編輯倍感吃力，不斷的催稿、約稿、企劃專題、設計專欄，才逐漸地穩下局面。由於必須經常與學者聯繫，平日讀稿也都是些學術性強的文章，因此主編梅新先生一開始就決定編輯必須是研究生，從創刊初期時的曾文樑、衣若芬、黃復山、林保淳、黃奕珍、洪素貞，到後來的張堂錡、顏瑞芳、成玲、顧蕙倩、魯瑞菁、陳麗明，都是中文研究所的碩、博士研究生，這樣的安排，使得「長河版」的編務能真正結合學術界，也與學者們建立了深厚的關係。

雖然本刊的學術性濃厚，但基於報章媒體的通俗屬性，也必須朝普及化、生活化去規劃，才能裨益大多數的讀者。因此，創刊初期即以民俗掌故、歷史軼事、古典文學，乃至於琴棋書畫等為約稿項目，陸續推出了郭秦的「幽默一〇〇」、吳宏一的「白話詩經」、林保淳的「經典・今句・今讀」、許進雄的「說古事」等專欄，並製作了一系列的民俗專題。

七十九年九月起，蔡志忠膾炙人口的漫畫「韓非子說」，使本刊活潑不少，而張素貞教授撰寫的「韓非子的實用哲學」也同時登場，使當時的文化界流行了一陣子的「韓非子熱」。七十八年間較受歡迎的專欄，主要有周何教授的「古禮今談」，以及先由劉瀚平等人執筆，後由李家雄獨力撰寫的「命理天地」。「命理天地」主要是透過古人的面相探討其一生的起伏變化，由於言之成理，推出後頗受好評，中醫師李家雄在撰稿期間也「被迫」讀了不少史書。

這段期間還規劃了「行神篇」、「百戲圖」、「民俗采風」等比較屬於民間文化的專欄。此外，有兩個比較「長壽」的專欄也在此時推出：一是擷取古書中的智慧金言，以每日一句的形式出現的「長河流金」；一是以活潑生動的解說，在五、六百字篇幅內講解一句成語的來龍去脈，探討其形成典故的「成語出迷宮」。這兩個專欄推出後，可以說是叫好又叫座，引起的回響也很熱烈，經常有讀者來信詢問句義，或是要求代為解答成語典故。「長河流金」主要是由編輯執筆；「成語出迷宮」雖採公開邀稿，但最後幾乎是由左秀靈、吳立甫、張公鑑三人包辦。在持續了五年多之後，「長河流金」於今年七月起改為「名人語錄」，所摘引的警句以近、現代名人為主，而「成語出迷宮」則同時結束，不過由專欄結集而成的八冊「成語出迷宮」叢書，則依然銷售不惡，口碑甚佳。

在七十八、七十九年間，令人印象深刻的專欄還有：劉兆祐「藏書家與藏書章」，李赫「閩南語的智慧」，高大威「永恆的叮嚀」，瞿秀蘭「晨話」，丘嶽「酒話連篇」等。幾個開放性專欄如「解惑篇」、「文化詞典」、「近代中國名人的童年」等，也都得到讀者熱烈的參與。不久，劉潔的「字斟句酌」、吳璵的「解字說文」，葉龍整理的「錢穆先生講學粹語」緊接著上場。值得一提的是專訪文章逐漸增多，編輯們的負擔也加重許多，例如「學術長城」、「院士篇」，就採訪介紹了不少卓有成就的資深學者，如芮逸夫、王夢鷗、黃錦鋐、潘重規、葉嘉瑩、胡自逢、杜維運、周法高、張玉法、羅銅壁、閻振興、李政道等，氣勢不凡。

不可否認的，那幾年的內容規劃比較偏重於國學界的領域，對於文學介紹得也比較多，因此，後來嘗試加重歷史性文章的比例，調整過去重文輕史的現象，因而推出了姜穆的「文海鉤沈錄」，介紹二、三〇年代作家複雜的人事糾葛與文壇軼事；孫立人「將軍的智慧」推出後極受矚目；「口述歷史」專欄在中研院近史所的大力協助下，連載了劉安祺、吳修齊、賈馥茗、魏火曜、金開英等人的傳記，使「長河版」正式跨入了歷史領域。我還記得八十二年六月間，由名記者周玉蔻執筆的「蔣方良與蔣經國」在本刊推出時，我內心難掩的一絲緊張，但事後證明讀者已能接受這樣尺度的文章，而我們日後揮灑的空間也一下子寬廣了許多。

去年（一九九三）八月間，「長河版」由原來兩位編輯增加為三位，在梅新先生的充分授權下，我和吳月蕙、胡影萍三人規劃了「長河版」將走近代文史、傳記文學的路線，一口氣推出了多項新專欄，例如「書海鏡銓」、「面對當代學人」、「為您說掌故」、「文學古蹟之旅」、「牟宗三語錄」、「鏡頭中的歷史」、「拿到博士的那一天」等，並陸續舉辦了「說不完的《紅樓夢》」、「日據時代台灣年」、「甲午戰爭百年省思」等座談會。在人手增加之際，原本幾年來在「長河版」上的長篇連載小說也移回「中副」，將完整的版面供編輯們運用。

從今年（一九九四）七月起，為呼應本土文化的關懷、加強生活化題材的報導，我們又規劃了每週六整版的本土文化為主的專輯，一些結合社會脈動的專欄相繼推出，如「紙上原住民博物館」、「鄉土好鄉親」、「呷新娘茶講好話」、「台灣行腳」、「古早的行業」、「島嶼記事」等，並加強對鄉土活動、人事的消息報導。幾次專欄製作下來，果然得到了極大的回響。相關稿件不斷湧至，因此，目前正考慮增加篇幅，以對這塊土地做更深的巡禮。過去，大陸地區的來稿幾占每日稿量的一半以上，今後在加強這方面的報導下，這種情形應能得到改善。

八月起，在報社的指示下，「長河」從原本六天改為天天出刊，這對工作量原本就極重的我們而言，固然是增加負擔，但我們也十分樂見這塊園地可以為讀者提供更多的服務，因此，我們已著手策劃在每週日的「長河版」上製作「台北人、台北事」的專輯，請大家拭目以待。

六年多來，「長河」宛如一道奔流不止的大川，從創刊開始就一直沒離開過的主編梅新、美編羅莉玲，見證了她從涓滴細流匯成江海的歷程，而在其間付出過心血的十幾位編輯，也有幸參與了這塊園地的成長、茁壯，其間的艱辛勞苦我們一一領略，引領風騷的時刻我們也躬逢其盛，正如幾位編輯在這個崗位上談戀愛、結婚、生子一樣，我們一直把「長河版」當作自己的家在經營，不過，所有的用心布置，則是為了廣大的讀者。但願大家和我們一起來灌注她的澎湃，也一起來分享她的出色！

——原刊於《國文天地》一一二期，一九九四年九月

收錄於《編輯學實用教程》，業強出版社，二〇〇二年一月

投影為風景的再生樹

——懷念梅新

◆張素貞

梅新跟我初次見面，是在很多很多年前的詩人節前夕。有好一段時間，我們通信，談詩，談他正在閱讀的書籍，談他海闊天空的憧憬。由於我住在新竹的東區，距離名勝景點東門城並不遠，我習慣在信封的寄件處署名「東風城」，隱含青春與希望的寓意吧？他非常喜歡。後來他寫〈麥加之旅〉，把風城暗喻為麥加。當時他以一副老大哥的姿態談著詩壇的現況與他喜歡的一些詩友，談論著方思的《豎琴與長笛》。我們像老朋友一樣隨興交談，從容而自在。

梅新來自浙江金華附近縉雲縣的山村，外婆家村名魚川，他用作另一個筆名；自己本家在三公彥，他給兒子命名「公彥」。他跟著外祖母來台依親，卻因為生活壓力，被提早送往軍中。他接觸現代詩比常在一起的那批詩友晚了許多。為了爭取讀書進修的機會，他先是進師訓班，勉強在遍遠的小學教書；再投考大學，總算在文化大學新聞系學了許多本事，後來兼跨新聞與文學的領域，有相當驚人的成就，其實辛苦備嘗，全憑那種不畏艱難的毅力逐步克服過來。

梅新的詩人創意運用到新聞與文學的編輯上，常讓人刮目相看。他具有強烈的說服力，看準一些可行的方案，熟稔遊說對象的心理，十分耐性地，以他天真可愛的笑容，說服人家去做些他自己很想做而又條件不允許的極其有意義的「大事」。在這樣的情形之下，巨人出版社推出了《中國現代文學大系》、《中國現代文學年選》，而《中外文學》、《詩學》、《聯合文學》創刊了。至於《國文天地》則是由他一手規畫，自任社長，自己物色總編輯，在炎炎夏日走長長的一段路去許多中學向校長推銷刊物，結果一年下來成績特優。他為了喜歡幾篇文章，乾脆集結幾位朋友合資印刷《新月月刊》。因為對詩的執著，他在一九八二年促成《現代詩》的復刊，並且欣喜自得地交棒給年輕詩人零雨、鴻鴻、莊裕安主編；現代詩界一年一度最具意義的《年度詩選》出版，也在他努力奔走之下得以持續。

歐陽醇老師推薦他主編《台灣時報・副刊》，給他獨當一面最好的歷練機會；主編《中副》十一年，是他文化事業的全盛期，榮獲四座新聞局頒發的金鼎獎，後來還負責好幾個專刊。他喜歡企畫編輯，設計合乎作者專長和特色的專題，催著完成，編《幼獅文藝》的時候，就逼著顏元叔寫出許多極具影響性的新批評理論。他主編的《中央日報・副刊》不僅版型活潑，不時有一個專題或專稿，或者主動帶了編輯採訪，也本著新聞系人的靈敏做些時效性的換稿。他應邀出國開會，常常要搶時間採訪一些人物，《從北京到巴黎》就是這樣的產品。他還設計一些文學討論會，以有限的經費和人力，辦得專業隆重有聲有色。一九九六年為了「百年來中國文學學術研討會」，五月初自己趕赴大陸，拍攝「文壇耆宿專訪」錄影帶，而後是一連串的工作。三天會期，又認識許多文友，興奮地要陪遠來的學者作家去旅遊。來台五十年，他還沒去過阿里山，正好可以跟著去遊覽。

無奈他到了台中就生病折回來，終其一生，阿里山沒能去成。現在回想，或者那時老天爺已經預示了警訊，偏偏夫妻倆都是粗枝大葉，一心只在工作，一向互相尊重，並不相強。他在報社對面的醫院拿藥吃，只以為是胃不舒服，他還健身跑步，上樟山寺，登行健道，也一馬當先。等到一九九七年七月下旬檢查出來，醫生說已經太晚了，機會終究在兩大醫院來回奔走中消逝了。原以為兩個人的堅強意志可以共同抵禦病魔，但我們只不過奮鬥了兩個半月，他一直沒放棄工作，真正躺下來，只有十天。化療完全沒用，愛美的他擔心掉頭髮的事也沒有發生，他是戴著滿頭濃鬱的美髮到另一個世界去了。

知道得病以後，他記掛要為副刊組安排好接捧人，為女兒好好舉辦場婚禮，他從小那樣珍視捧在手心裡的寶貝女兒，前者立即辦理，後者卻怎樣也來不及了。此外，他整理詩文，要出一本詩集，一本詩論，自己剪貼編輯，那就是《履歷表》和《魚川讀詩》；他也忙著口述錄音，一是〈中副十年〉，一是〈魚川讀詩話從頭〉。按時吃藥，吃小麥草、苜蓿芽、胡蘿蔔，努力加餐飯，而日子如常，他不過困倦一些，絕不讓你覺得他是個病人。直到最後急遽惡化的十天，從他那微蹙的眉峰，依稀可以體會他的痛苦，然而他一直不曾呻吟，也沒有抱怨嘆氣。前一天他有些昏亂了，管管和光霽猜不透他口中吟哦的詩句，兒子當夜買了行軍床陪我一起留守看護，他一再坐起說話，我們只想到安撫，讓他躺下休息。可憐這竟是最後一夜！我要是知道，拚著連夜不休息，也該摟著他由他說個夠。

他走後兩個半月，藝文界為他舉行追悼會，詩集、詩論及文友的追思紀念文集一起出版，他愛朋友，朋友也真愛他。為了校對，我輕易排遣掉一個又一個不眠多淚的夜晚。過去總以為自己付出不少，他走後，我才深深體驗到他給我的遠遠超過我想像的多。我常莫名的傷感，無端地嘆息，更嚴重的是：一種沉重的失落，一種茫然的空虛，明明在人群裡，勉強克盡職守，應對如儀，卻是鬱鬱不樂。梅新帶走了我的歡愉，我曾經那樣快樂。自從兩周年我寫了〈畫夢〉，想適度釋出一些悲苦，想到他一向活得精神，勢必不忍坐視我這樣頹喪，我似乎平靜了許多，太陽總要升起，我不負他，自然得學會好好地過日子。

爾雅出版社在梅新逝世一周年出版了林泠主編的《梅新詩選》，並舉辦了「懷念梅新・讀梅新詩」的活動，詩友商禽、白靈、莊裕安、向明分別討論他的四本詩集，由羅任玲做了側記。商禽說：〈中國的位置〉使用的長句是有意造成的節奏感，梅新的詩中常有樹的意象，象徵作成長和再生。白靈說：笑中帶淚，平易近人，且在平常中隱含智慧，是梅新詩作最大的特色。莊裕安發現梅新〈家鄉的女人〉，寫的是童年記憶中的女人，認為梅新懷念母親的詩可能長駐詩壇。向明指出梅新的許多詩作都可以看出這時代歷史文化變遷的軌跡。

梅新寫詩，後期走的是白描的路徑，力求詩的口語化，平白易懂，而又要饒富詩趣，其實寫來相當艱苦。他常把中國的大歷史寫進個人的小歷史，所以〈履歷表〉說：「你要也可以是你的。」〈子彈〉中的父親身上中了日式三八步槍的子彈，〈浙江老家的門〉中，日軍拆老家的門，娘叮囑小兄弟：「當心他們／把你們也給拆了。」寫的是大中國的歷史，是父母這一代人的歷史。他苦苦想念毫無記憶的母親，在〈我的母親〉中把母親的臉「想成圓的，有時也想成方的。」而〈口信〉中的母親卻可以無限延展，不受時空的限制，既是他的母親，也是大中國眾人的母親。白靈談到隱含智慧的詩，像〈孔廟門前記事〉、〈民國卅八年的事〉、〈今年生肖屬狗〉，以及早期的〈椅子〉、〈死貓〉都是經得起反覆品味的好例子。

梅新是投影為風景的再生樹。

——原刊於《聯合文學》第十六卷第八期，二〇〇〇年六月

附錄一：梅新小傳及出版著作目錄

梅新小傳

梅新，本名章益新，浙江省縉雲縣人，一九三七年十二月二十三日生，一九九七年十月十日逝世，享年六十歲。一九四九年稍早，隨外祖母來台依親，生活所迫，被送往高雄左營當幼年兵。自野戰師退伍進入花蓮師範師資班就讀，後考入文化大學法文系，兩年後轉入新聞系。一九六九年大學畢業，先後任職於幼獅文藝、文復會、聯合報、民生報、台灣時報、正中書局、中央日報。在主編《中央日報》副刊十年間，曾四度榮獲新聞局金鼎獎副刊編輯獎，以企畫編輯與設計專題、專欄方式，清楚展現他的副刊編輯理念，以及對文學和媒體的宏觀思考。

梅新自軍中開始現代詩創作，一九五六年加入由紀弦創立的「現代派」，同商禽、鄭愁予、林泠等人一起為現代詩而努力。他追求詩的明朗化和語體化，詩意象鮮明，善於處理周遭生活題材，勇於嘗試難以入詩的事物，堅持樸實無華的詩心。梅新也是推動台灣文學界的先鋒，催生籌畫如《中外文學》、《國文天地》、《聯合文學》等雜誌，規畫參與《中國現代文學大系》、《中國現代文學年選》、《詩學》等出版編輯工作，一九八二年促成了《現代詩》復刊，現代詩界一年一度的出版大事《年度詩選》也在其努力奔走之下持續接編不墜。一九九六年由《中副》舉辦的「百年來中國文學學術研討會」轟動兩岸藝文學術界，他會前專程前往大陸拍攝的照片與錄影，亦為文壇耆宿留下珍貴史料。

詩集

《再生的樹》，驚聲文物供應公司，一九七〇年九月十日

《椅子》，成文出版公司，一九七九年六月

《家鄉的女人》，聯合文學出版社，一九九二年十二月十五日

《梅新詩選》，北京：作家出版社，一九九三年十一月

《履歷表》，聯合文學出版社，一九九七年十二月二十五日

《梅新詩選》，爾雅出版社，一九九八年十月十日

散文

《正人君子的閒話》，大漢出版公司，一九七八年三月五日

《從北京到巴黎》，文經社，一九九三年四月

《沙發椅的聯想》，三民書局，一九九七年五月

評論

《憂國淑世與寫實創新》，時報文化出版公司，一九八二年一月一日

《魚川讀詩》，三民書局，一九九八年一月

合集

《梅新自選集》，黎明文化出版公司，一九八五年六月

附錄二：《他站成一株永恆的梅——梅新紀念文集》目次

附錄三：梅新評論參考資料輯餘

作者	篇名	出處	發表（出版）時間
子于	《建中養我三十年》自序	《建中養我三十年》，大地出版社	一九七九年十二月
林亨泰	詩的創作（國立中央圖書館演講辭，談梅新〈椅子〉）	《現代詩》復刊七・八期	一九八五年三月
張默	梅新〈口信〉（編者按語）	《七十九年詩選》，爾雅出版社	一九九一年二月十日
李瑞騰	梅新〈取暖的方法〉（編者按語）	《八十年詩選》，爾雅出版社	一九九二年三月一日
零雨	從復刊第九期說起	《現代詩》復刊二十期	一九九三年七月
張堂錡	涓滴細流終成江海——《中央日報》長河版的編輯特色	《國文天地》一一二期	一九九四年九月
尹雪曼	五天連喪兩好友——悼歐陽冠玉與梅新	《台灣新聞報》	一九九七年十一月二十四日
莊因	長河滔滔	《中央日報》副刊	一九九七年十二月十日
許之遠	堪哀辛苦作詩人——悼念詩人梅新先生	《青年日報》副刊	一九九七年十二月十八日
余光中	斷然截稿——讀梅新遺著《履歷表》	《履歷表》，聯合文學出版社	一九九七年十二月二十五日

紀弦	談梅新的詩	《中華日報》十六版	一九九七年十二月二十五日～二十六日
張素貞	訴	《履歷表》，聯合文學出版社	一九九七年十二月二十五日
莊裕安	編輯檯上	《現代詩》復刊三十・三十一期	一九九七年十二月
游喚	賞析梅新〈家鄉的女人〉三首詩	《台灣詩學季刊》二十一期	一九九七年十二月
黃粱	〈今年生肖屬狗〉點評	《現代詩》復刊三十・三十一期	一九九七年十二月
方思	寄梅新	《中國時報》人間副刊	一九九八年一月二十三日
洛夫	序《魚川讀詩》	《魚川讀詩》，三民書局	一九九八年一月
莊裕安	出游從容，落筆翩躚	《魚川讀詩》，三民書局	一九九八年一月
高大鵬	春日登高憶舊遊	《中國時報》人間副刊	一九九八年二月八日
李瑞騰	《履歷表》——用語淺近，用情極深	《聯合報》讀書人周報	一九九八年二月九日
向明	《履歷表》評介	《中國時報》開卷好書榜書評	一九九八年二月二十六日
高大鵬	立傳與立碑	《青年日報》副刊	一九九八年四月二日
辛鬱	梅新〈從和平飯店出來〉賞析	《八十六年詩選》，現代詩季刊社	一九九八年五月三十日
姜雲生	清香傳得天心在——悼亡友梅新	《細讀自己》，山東友誼出版社	一九九八年九月
龔華	賞月人語	《中華日報》副刊	一九九八年十月二十三日
莊裕安	《梅新詩選》編輯事略	《梅新詩選》，爾雅出版社	一九九八年十月
鄭愁予	序《梅新詩選》	《梅新詩選》，爾雅出版社	一九九八年十月
古蒙仁	中副情緣	《中央日報》副刊	一九九八年十一月三日

賈植芳	讀我的兩個朋友	《中央日報》副刊	一九九八年十一月九日
余亮（羅任玲）	秋日之約	《中央日報》副刊	一九九八年十一月九日～十日
商禽	略談梅新的《再生的樹》	《中央日報》副刊	一九九八年十一月九日
黃永武	多動剪刀勤動筆	《中央日報》副刊	一九九八年十二月四日
嚴歌苓	《波西米亞樓》自序	《波西米亞樓》，三民書局	一九九九年四月
嚴歌苓	也獻一枚花環——憶梅新先生	《波西米亞樓》，三民書局	一九九九年四月
辛鬱	形式簡約，真情流露——梅新《梅新詩選》	《文訊》一六五期	一九九九年七月
林黛嫚	你道別了嗎	《聯合報》副刊	一九九九年八月十五日
張素貞	畫夢	《中央日報》副刊	一九九九年十月十日
侯吉諒	詩人之死	《那天晚上的雨聲》，麥田出版	一九九九年十月
莊因	《海天漫筆》自序	《海天漫筆》，三民書局	二〇〇〇年四月
張素貞	投影為風景的再生樹——懷念梅新	《聯合文學》十六卷八期	二〇〇〇年六月
李樺	那一株永恆的梅，曾問路到天山	《今日名流》走筆文壇，二〇〇一年第三期	二〇〇一年三月
張素貞	《現代小說啟事》序	《現代小說啟事》，九歌出版社	二〇〇一年八月
紀弦	第二次回台北——「百年來中國文學學術研討會」前後	《紀弦回憶錄》第三部，聯經出版公司	二〇〇一年十二月
湯雄	一滴水——遙祭恩師梅新	《海峽兩岸采風》	二〇〇一年

郭強生	在中副的日子	《中央日報》副刊	二〇〇三年五月一日
張至璋	南十字星下的省思	《南十字星下的月色》，三民書局	二〇〇三年六月
張素貞	細水長流	《三民書局五十年》，三民書局	二〇〇三年七月
陳幸蕙	掛劍人語——讀余光中〈斷然截稿〉有感	《中華日報》副刊	二〇〇四年五月七日
隱地	懷念梅新	《中央日報》副刊	二〇〇四年十一月六日
張素貞	《案頭春秋》緣起	《案頭春秋》，萬卷樓圖書公司	二〇〇八年十月
辛鬱	從「魚川讀詩」説起——略憶知友梅新	《文訊》二七七期	二〇〇八年十一月
汪仁玠	請勿將頭手伸出窗外（送別商禽）	《大眾時代》	二〇一〇年六月三十日
隱地	東方的柔情	《人人都有困境，讀一首詩吧！》，爾雅出版社	二〇一〇年八月五日
黃永武	談談五十歲寫散文的起因	《好句在天涯》，三民書局	二〇一二年四月
向明	向明讀詩筆記——梅新〈路過台北植物園〉	《海星》詩刊十三期	二〇一四年九月
龔華	我也曾經軟弱過	《永不説再見》，博思智庫公司	二〇一五年八月
韓秀	尚未塵封的過往	《尚未塵封的過往》，允晨文化公司	二〇一六年一月
林黛嫚	推浪的人	《推浪的人》，木蘭文化公司	二〇一六年十一月

郭強生	曾經，我們翻開報紙的第一件事是讀副刊	《推浪的人》，木蘭文化公司	二〇一六年十一月
蔡素芬	是個人的經驗，也是副刊變化簡史	《推浪的人》，木蘭文化公司	二〇一六年十一月
張素貞	開闊而豐饒的新天地——《國文天地》初創的二十四期	《中國語文》七一六期	二〇一七年二月
鴻鴻	混種詩與欠砍頭	《自由時報》副刊	二〇一七年六月六日
張素貞	《大珠小珠落玉盤》——《台灣時報．副刊》的當代名家談藝錄	《中國語文》七二一期	二〇一七年七月
張素貞	「現代文學討論會」與「鹿橋閑談」	《中國語文》七二二期	二〇一七年八月
張素貞	「法哥里昂」中「文學的『我們』」	《投影為風景的再生樹——梅新紀念文集續編》，文訊雜誌社	二〇一七年十月
張素貞	《現代詩》復刊初期	《投影為風景的再生樹——梅新紀念文集續編》，文訊雜誌社	二〇一七年十月
張素貞	略談《台灣時報．副刊》梅新主事的企畫編輯	《投影為風景的再生樹——梅新紀念文集續編》，文訊雜誌社	二〇一七年十月

文訊編輯部	梅新小傳及出版著作目錄	《投影為風景的再生樹——梅新紀念文集續編》，文訊雜誌社	二〇一七年十月
文訊編輯部	梅新評論參考資料輯錄	《投影為風景的再生樹——梅新紀念文集續編》，文訊雜誌社	二〇一七年十月

國家圖書館出版品預行編目(CIP)資料

投影為風景的再生樹：梅新紀念文集. 續編
/張素貞主編. -- 初版. -- 臺北市：文訊雜誌
社, 2017.10
面； 公分. -- (文訊叢刊；40)

ISBN 978-986-6102-31-8 (平裝)

830.86 106017333

文訊叢刊 40

投影為風景的再生樹——梅新紀念文集續編

主編 張素貞
校對 張素貞・王為萱・杜秀卿
美術設計 翁翁・不倒翁視覺創意
出版 文訊雜誌社
地址：10048台北市中山南路11號B2
電話：02-23433142 傳真：02-23946103
電子信箱：wenhsun7@ms19.hinet.net
網址：http://www.wenhsun.com.tw/
郵政劃撥：12106756文訊雜誌社

印刷 松霖彩色印刷公司
初版 2017年10月
定價 300元
ISBN 978-986-6102-31-8